Wenn du denkst,
Abenteuer sind gefährlich,
versuch´s mal mit Routine.
Die ist tödlich

Paulo Coelho (1947)
Brasilianischer Schriftsteller

Alfred Zech

Der Schrei der Katze

Zweiter Fall für Detektiv
Erwin Müller

Kriminalroman

Bibliografische Information der Deutschen Nationalbibliothek:

Die Deutsche Nationalbibliothek verzeichnet diese Publikation in der Deutschen Nationalbibliografie, detaillierte bibliografische Daten sind im Internet über http://dnb.dnb.de abrufbar.

Impressum:
© 2019 Alfred Zech
1. Auflage 04/2019
Umschlag/Illustration: Alfred Zech
Lektorat/Korrektorat: Alfred Zech
Autoren-Homepage: www.alfred-zech.de
Herstellung und Verlag: BoD – Books on Demand, Norderstedt
ISBN: 978-3-7322-4379-2
Printed in Germany

Das Werk, einschließlich aller Teile ist urheberrechtlich geschützt. Jede Verwertung ist ohne Zustimmung des Verlages und des Autors unzulässig. Dies gilt insbesondere für die elektronische oder sonstige Vervielfältigung, Unterstützung, Verbreitung und öffentliche Zugänglichmachung.

Prolog

Liebe Leserin, lieber Leser,

Versicherungsdetektive werden heutzutage immer öfter von den Versicherungen eingesetzt, denn die Versicherungskriminalität nimmt stetig zu.

Die Ermittlungsarbeit muss sich immer innerhalb der gesteckten Grenzen vom Gesetz halten, dabei ist das Strafgesetz und das Persönlichkeitsrecht besonders zu beachten. Ein Detektiv hat nicht mehr Rechte als jeder andere Bürger und bewegt sich in keinem Fall in einem rechtsfreien Raum bei der Ausübung seiner Tätigkeit.

Es gibt eine Reihe von Regeln die bei der Ermittlung eingehalten werden müssen, damit die gesammelten Beweise auch am Ende vor dem Gesetz voll verwertbar sind.

Alle Handlungen, handelnden Personen und Namen sowie Örtlichkeiten in diesem Roman sind frei erfunden. Jegliche Ähnlichkeiten mit lebenden oder realen Personen, sind rein zufällig und nicht beabsichtigt.

1

Wie lange sie jetzt schon unterwegs war, wusste sie nicht. Waren es ein paar Stunden, einen Tag oder länger?

Sie fühlte innerlich nichts. Sie fühlte auch nicht ihre durchnässte Garderobe. Hunger und Durst machten sich in ihrem Körper breit, und Angst; ... Angst vor dem Ungewissen. Die Füße und Beine fühlten sich an, wie große Gewichte, die nicht zu koordinieren waren.

Der weiche Boden am Fahrbahnrand dämpfte ihre Schritte. Sie richtete ihren Blick auf den Boden.

Was mache ich hier, dachte sie. Ich kann vor mir selbst nicht weglaufen. Ich brauche jetzt eine Pause. Zu ihrer Rechten sah sie einen großen stämmigen Baum, setzte sich und lehnte sich erschöpft dagegen. Sie schreckte ungewollt ein paar Insekten auf, die sich schnell in Sicherheit brachten. Was für ein gutes Gefühl, sich einmal wieder anlehnen zu können.

Die Tränen, die über ihre Wangen rollten, spürte sie nicht. Sie ist voller Angst und muss einer ungewissen Zukunft entgegenblicken.

***

Martin Wolters hatte unbegrenztes Vertrauen in sich selbst, und als gewissenhafter, methodischer Mann wählte er schon frühzeitig einen besonderen Weg des geringsten Widerstandes. Er war der Sohn eines in Bremerhaven ansässigen Landwirtes. Vor einigen Jahren verstarben seine Eltern bei einem Verkehrsunfall. Martin erbte alles, aber anstatt die Landwirtschaft weiter zu führen, verkaufte er Haus und Hof und alles, was damit verbunden war. Beruflich begab er sich in die Richtung eines Immobilienmaklers, mit einer mittleren Größe von Eigenkapital.

Martin war stets bemüht, selbst und ständig sein Kapital zu vermehren, wie auch immer. Er wusste selbst nicht so recht was er beruflich anstellen sollte. Brauchte er auch nicht, denn es funktionierte auch so. Mittlerweile besaß er ein schönes Häuschen in Hamburg, in Blankenese direkt am Elbdeich.

Aber weder eine Idee noch irgendein cooler Gedanke waren greifbar, als er in seinem eleganten pinkfarbenen Daimler die scharfe, gefährliche Kurve nahm.

Fast der ganze Himmel war mit Wolken bezogen. Seit drei Tagen regnete es, wie so oft in Hamburg. Graue dicke Wolken hingen über ihm, und die Straße war glatt und glitschig. Selbst die besten Reifen hätten ihm nicht geholfen, wenn er auch nur um einige Zentimeter von der Straße abgekommen wäre.

Aber Martin Wolters vertraute nicht nur seinen Gedanken, sondern auch seinem eigenen Können – und er war ein äußerst geschickter Fahrer. Mit der einen Hand hielt er das Lenkrad, mit der anderen die Handbremse.

Er ist gewarnt worden, man hatte ihm gesagt, dass dieser kurze Weg den Hügel hinunter bei Regen für einen Pkw mit Heckantrieb unpassierbar wäre. Lächelnd hatte er den gut gemeinten Rat der anderen zurückgewiesen, denn seine Überzeugung von sich selbst war unerschütterlich.

Er baute gern Luftschlösser und liebte es, von zukünftigen Erfolgen zu träumen. Sogar während dieser gefahrvollen Fahrt hing er seinen sonderbaren Gedanken nach.

Vielleicht würde er sie tatsächlich treffen, seine Traumfrau. Es war allerdings eine fantastische Idee, aber in seinen Träumen ereigneten sich manchmal die unglaublichsten Dinge. Und hatte er nicht, nur um der Frau zu begegnen, diesen kurzen, aber äußerst gefährlichen Weg gewählt?

Vielleicht würde sich seine Hoffnung erfüllen, und er würde sie sehen. Dann wollte er auf sie zugehen, sie bei der Hand nehmen und sagen: Ich kenne Sie. Sie müssen mit mir kommen, und ich will Sie jetzt nach Hamburg zurückbringen.

Er wusste nicht, wie sie aussah und doch träumte er von ihr. Wahrscheinlich würde sie blass und furchtsam sein und zurückschrecken, wenn er gezielt auf sie zukam. Mit weitgeöffneten Augen würde sie ihn anstarren, und Furcht und Hoffnung würden in ihren Gesichtszügen um die Oberhand kämpfen. Aber wer sagte ihm denn, dass seine Träume sich verwirklichen würden?

Vielleicht war sie auch klein und korpulent und unglaublich hässlich und gemein.

Solche Personen hatten natürlich mit Martins Träumen nichts zu tun. Sie hatten kein Recht, seine Fantasie zu beschäftigen. Die Frauen seiner Träume waren alle schön und zeichneten sich durch Haltung und Charakter aus.

Am Fuße des Hügels wurde er etwas unsanft aus seinen Träumen gerissen, denn das Benzin war ausgegangen, und der Wagen stand still. Martin stieg aus. Bis jetzt hatte er warm gesessen, aber nun schlugen ihm die Regentropfen ins Gesicht. Er nahm den Reservekanister aus dem Kofferraum, um den Tank aufzufüllen, setzte sich dann wieder ans Steuer und fuhr in Richtung Landstraße.

Trotz dieser unangenehmen Unterbrechung sang er vergnügt, während er die nächste Anhöhe nahm. Und wieder träumte er von vielen herrlichen Dingen in der Zukunft. Er war davon überzeugt, dass er die Frau finden würde. Vielleicht lag sie erschöpft am Wege. Dann würde er aus dem Wagen springen, sie in die Arme nehmen und in Sicherheit bringen, in eine warme Wohnung, wo sie nicht zu frieren brauchte und nicht den Unbilden des Wetters ausgesetzt war. Allmählich würde sie wieder zu sich kommen, und verwirrt um sich sehen.

Plötzlich hielt er seinen Wagen an. Sein Herz schlug auf einmal schneller.

Unter einem Baum saß sie, dicht an den Stamm gelehnt, um Schutz vor dem strömenden Regen zu suchen. Vielleicht hätten andere Leute sie nicht gesehen, aber Martins Augen waren scharf, und er entdeckte sie trotz ihres dunklen Kleides, das sich kaum von der Umgebung abhob, aber doch etwas Rotes durchscheinen ließ.

Noch bevor er sie ansprach, sagte ihm sein Gefühl, dass sie es sein müsse. Es lag eine gewisse Schönheit über ihrem bleichen Gesicht, sodass seine Träume tatsächlich in Erfüllung gingen. Sie trug weder Schirm noch Mantel, und ihr schwarzes Kleid war vollkommen durchnässt. Der breite Hut hatte die Form verloren, und ihre schwarzen Handschuhe zeigten helle Flecken, als ob sie gerade mit dem Lehmboden in Berührung gekommen wären.

Es gibt sie doch, die sich selbst verwirklichenden Gedanken, sagte Martin leise vor sich hin.

Die Frau richtete sich auf und warf den Kopf zurück. Offenbar nahm sie alle ihre Energie zusammen. Ihr Blick war hasserfüllt, ihre Lippen zitterten, aber sie brachte zunächst kein Wort heraus.

Martin Wolters hatte seine Schiebermütze abgenommen. Er war in einer so glücklichen Stimmung über diese unverhoffte Begegnung, dass er all die schönen Worte vergaß, die er sich vorher überlegt hatte.

»Ich glaube, ich weiß, wer Sie sind. Ich habe dort oben von Ihnen gehört«, begann er und wies mit dem Kopf zum Hügel, in Richtung Gasthof.

Sie sah hilflos und sehr verzweifelt aus und schien krampfhaft zu überlegen, ob es nicht einen Ausweg für sie gäbe.

»Rühren Sie mich nicht an«, sagte sie atemlos und streckte die Hände aus. »Nein, ich will nicht .... Ich gehe unter keinen Umständen zurück – lieber will ich sterben.«

Er legte seine Hand auf ihren Arm und klopfte ihr freundlich auf die Schultern.

»Die Leute oben im Gasthaus haben über Sie gesprochen, und ich habe ihre Unterhaltung gehört«, versuchte er sie zu beruhigen. »Ich weiß nichts weiter von Ihnen – und ich will auch nichts weiter wissen«, fügte er schnell und unnatürlich laut hinzu. »Sie brauchen mir nichts zu sagen, ich will Sie durchaus nicht mit Fragen quälen.«

Bestürzt sah sie ihn an. Langsam beruhigte sie sich.

»Was wollen Sie denn?«

»Steigen Sie bitte in den Wagen ein. In fünf Minuten sind wir auf der Landstraße, und dann bringe ich Sie nach Hamburg. Ich habe ein gemütliches Haus in der Stadt, dort können Sie sich aufwärmen und ausruhen, Sie holen sich hier ja den Tod bei dem Sauwetter«

Sie zögerte.

»Ja, wissen Sie denn ...?«

»Natürlich, weiß ich«, erwiderte Martin bestimmt, »wenigstens weiß ich alles, was ich wissen will, und mehr brauche ich nicht zu erfahren. Merken Sie sich das bitte, ich – will – weiter – nichts – wissen!«

Als sie an ihm vorbeiging, sah Martin, dass ihre leichten Schuhe schmutzig waren von dem weichen Lehm und dass ihr Kleid tropfte.

»Nehmen Sie bitte auf dem hinteren Sitz Platz«, sagte er. »Ich freue mich, dass Sie schön sind«, fügte er noch hinzu.

Unwillkürlich musste die Unbekannte lächeln. Sie machte auch ein freundlicheres Gesicht und gefiel Martin Wolters nun schon bedeutend besser.

Martin hielt nur noch so lange, bis er einen weiteren Kanister Benzin in den Tank gefüllt hatte, dann ließ er den Wagen an. Ohne weiteren Zwischenfall erreichten sie Hamburg, und nun brauchte er nicht länger ungewissen Träumen nachzuhängen, denn sie waren inzwischen Wirklichkeit geworden. Er fuhr langsamer, als er an einem Geschäft für elegante Damenkleider vorüberkam, und sah sich unentschlossen nach seiner Begleiterin um. Dann murmelte er eine Entschuldigung und setzte die Fahrt fort.

Bei ihrer Ankunft in Hamburg war die Dunkelheit bereits hereingebrochen, und Martin brachte den Wagen vor der Tür seines kleinen Hauses in Blankenese zum Stehen.

»Steigen Sie noch nicht aus«, sagte Martin Wolters.

Er öffnete die Tür und ging um das Auto herum, dann machte er die Beifahrertür für sie auf und half ihr wie ein Kavalier beim Aussteigen. Vielleicht war diese Vorsichtsmaßnahme überflüssig, aber Martin Wolters überließ gar nichts dem Zufall. Man konnte nie wissen.

Der Weg zur Eingangstür war mit hellen Natursteinen gepflastert und machte einen sehr ordentlichen Eindruck.

Gleich darauf stand sie in der hell erleuchteten Diele. Martin schloss die Tür und machte eine weitere vor ihr auf. Dann trat die Unbekannte in einen großen Raum, von dem aus eine schöngeschnitzte Treppe zum oberen Stockwerk führte. Schon in dem Dämmerlicht konnte sie sehen, dass der Raum mit einem gewissen Luxus ausgestattet war. Aber nachdem Martin die schweren roten Samtvorhänge heruntergelassen und das Licht eingeschaltet hatte, staunte sie weiter über das geschmackvoll eingerichtete, gemütlich wirkende Wohnzimmer.

Martin betrachtete sie kritisch und konnte nicht umhin, ihre schönen Züge und ihre fast königliche Haltung zu bewundern.

»Ich glaube kaum, dass es in Hamburg viele Damen gibt, die unter solchen Umständen so gut wie Sie aussehen und ihre Fassung bewahren können«, meinte er.

»Was machen wir nun aber mit Ihren Kleidern? Auf der Herfahrt hatte ich schon die Absicht, vor einem Geschäft in einem der Vororte zu halten, aber ich bin dann doch weitergefahren. Es hat schließlich keinen Zweck, sich unnötig einer Gefahr auszusetzen. Aber wir werden die Schwierigkeit schon überwinden und die Kleiderfrage lösen.«

Er gab ihr ein Zeichen, ihm zu folgen, und sie stiegen beide die mit weichen dunkelroten Teppichen belegte Treppe hinauf. Diese Frau musste stundenlang dem Regen ausgesetzt gewesen sein, dachte Martin, denn das

Wasser tropfte von ihren Kleidern. Sie selbst bemerkte es nicht.

»Ich werde Ihnen einen Schlafanzug und einen Bademantel von mir geben. Damit müssen Sie sich vorläufig schon begnügen. Morgen besorge ich dann alles, was Sie brauchen«, sagte Martin freundlich.

Ein neugieriger Blick traf ihn.

»Warum tun Sie das alles?«, fragte sie.

Es waren die ersten Worte, die sie seit langer Zeit zaghaft äußerte.

Plötzlich überkam Martin eine gewisse Furcht. Vielleicht hatte er sich doch geirrt, und sie war gar nicht die Frau, die er suchte? Er hatte doch nur angenommen, dass sie es sein musste, ein Irrtum war nicht ausgeschlossen.

»Zeigen Sie mir doch bitte Ihre Hand«, flüsterte Martin.

Langsam streifte sie die schmutzigen Handschuhe ab, und er betrachtete ihre Hände genau. Sie waren rau und rot wie die einer Arbeiterin. Dann wanderte sein Blick von ihren harten, schwieligen Fingern zu ihrem schönen, fein geschnittenen Gesicht und wohlgeformten Körper.

»Eben habe ich beinahe einen Schrecken bekommen«, sagte er, »aber es ist alles in Ordnung. Was fragten Sie doch?«

»Ich wollte nur einmal wissen, was all diese Güte und Freundlichkeit zu bedeuten hat.«

Martin Wolters zuckte die Schultern. »Mein liebes Kind, ich habe Ihnen einen sehr großen Dienst erwiesen, ich habe Ihnen gleichsam ein großes Geschenk gemacht. Ich weiß nicht viel von Ihnen, aber ich vermute, dass Sie vom Schicksal hart mitgenommen und in diesem Augenblick wahrscheinlich gern bereit sind, alles Mögliche zu tun, um ein ruhiges, sorgenfreies Leben zu führen. Verstehen Sie mich aber bitte nicht falsch. Ich verlange nichts von Ihnen, was Ihre Selbstachtung als Frau beleidigen könnte.«

Die letzten Worte hatte Martin in Ruhe hinzugefügt.
Sie lachte etwas misstrauisch. Ja, ja, Männer, dachte sie.

»Es gibt wenig, was ich nicht tun würde, um wieder ruhig und friedlich leben zu können«, erwiderte Daniela sofort. »Wo kann ich Sie treffen, wenn ich mich umgezogen habe?«

»Ich bin unten im Wohnzimmer. Ich wohne allein hier im Haus, nur meine Haushälterin kommt ab und an, um klar Schiff zu machen. Inzwischen werde ich mit der Werkstatt telefonieren, dass mein Wagen abgeholt wird. Nachher können wir miteinander reden.«

»Kennen Sie meinen Namen?«

»Nein, den weiß ich nicht. Und ich will ihn auch nicht wissen. Sagen Sie mir nur Ihren Vornamen.«

»Daniela«, antwortete sie ein bisschen unsicher.

»Für mich sind Sie also Daniela Schmidt«, sagte Martin bestimmt. »Und Daniela Schmidt ist doch ein Name, den man leicht behalten kann«, »ich heiße Martin, Martin Wolters.«

Während er die Treppe hinunterging, kam ihm zum Bewusstsein, dass er sich dieses Abenteuer eigentlich ganz anders vorgestellt hatte. Er hatte nicht ganz die Rolle gespielt, die er hatte spielen wollen: freundlich, mild, überlegen und vor allem Herr der Situation.

Bis zu einem gewissen Grad war ihm das allerdings gelungen, aber die Begegnung hatte sich doch reichlich prosaisch abgewickelt und hatte nichts von dem geheimnisvollen, märchenhaften Charakter, von dem er geträumt hatte. Für Daniela musste er natürlich ein großes Rätsel sein.

Martin übergab dem Mann von der Werkstatt das Auto. Wieder zurück im Haus zog er einen Vorhang auf, der den großen Raum teilte. Am hinteren Ende war ein Tisch gedeckt, er brauchte nur noch die Kaffeemaschine einzuschalten.

Nach kurzer Zeit kam Daniela die Treppe herunter. Er hatte erwartet, dass ihr der Schlafanzug und der Bademantel zu groß wären und sie nicht kleiden würden, aber sie sah sogar elegant darin aus.

Den großen Schalkragen des Bademantels hatte sie sich mit einer kleinen Sicherheitsnadel im Nacken zusammengesteckt, sodass er ihren schönen Kopf umrahmte.

Irgendwo in einem der Schränke hatte sie noch ein buntes seidenes Tuch gefunden, das sie als Gürtel benutzte. Das weite Kleidungsstück wirkte daher gar nicht unförmig, sondern hob im Gegenteil ihre schöne Gestalt noch besonders hervor.

Sie setzte sich vor den elektrischen Heizofen und hielt die Hände dagegen.

»Die sehen nicht gerade sehr schön aus«, sagte sie und lachte Martin freundlich an. »Aber Sie werden wohl verstehen, dass ich bei dem Leben vorher nicht meine Hände pflegen konnte. Kann ich Ihnen helfen, Kaffee zu kochen? Das habe ich schon seit Jahren nicht mehr getan.«

»Nein, danke, das verstehe ich auch ganz gut«, erwiderte Martin und lächelte ihr zu.

»Wärmen Sie sich nur. Übrigens ist der Raum oben, der dem Badezimmer gegenüberliegt, für Sie bestimmt.«

»Ich habe absichtlich die Tür aufgelassen, und ich freue mich, dass Sie es sich bequem gemacht haben.« Er warf einen Blick auf das bunte Seidentuch, das sie so malerisch um ihren Körper geschlungen hatte.

Plötzlich hob sie den Kopf und lauschte. Der Sturm hatte bedeutend an Heftigkeit zugenommen und trieb die Regenschauer gegen die Fensterscheiben. Sie zitterte ein wenig und zog ihren Stuhl näher an den Heizofen.

»Ein entsetzliches Wetter. Es wäre furchtbar gewesen, wenn ich die Nacht auf dem Hügel im Freien hätte zubringen müssen.«

Daniela summte ein kleines Lied und beobachtete Martin dabei. Er war so sehr merkwürdig weiblich in all seinen Bewegungen und lächelte gern wie eine Frau, der es gut geht und die sich glücklich fühlt. Seine Hände waren schmal und zart, sie konnte es deutlich sehen, als er an der Kaffeemaschine hantierte. Traurig betrachtete sie ihre eigenen und verzog das Gesicht.

»Ich liebe Komfort und eine schöne Umgebung«, sagte er. »Und ich habe auch eine große Vorliebe für altes, feines Porzellan, für kunstvoll geschmiedetes Silber, für gute Musik und zarte Lyrik.«

»Spielen Sie eigentlich Klavier?«, fragte Martin.

»Ja, ein wenig«, antwortete sie.

»Dann müssen Sie mir nach dem Essen etwas von Mozart vorspielen.«, antwortete er und zeigte in die Ecke des Raumes, wo tatsächlich ein Klavier stand.

Wieder lachte sie.

Es erschien ihr merkwürdig, dass sie sich so schnell in dieser Umgebung zu Hause fühlte, und manchmal kam es ihr so vor, diesem Mann schon mal begegnet zu sein. Nur warum ist er nicht verheiratet, oder hat eine Lebensgefährtin.

Martin Wolters kam ihr auch nicht mehr so unheimlich vor, außerdem konnte sie es sich ja auch nicht gestatten, andere Menschen argwöhnisch zu betrachten. Sie musste mit allem zufrieden sein, was man ihr gab.

»Gute Musik verlangt aber auch einen guten Vortrag, und ich bin schon lange aus der Übung«, sagte sie noch.

Während Daniela sich behaglich wärmte, warf sie doch ab und zu von der Seite einen Blick auf Martin und beobachtete ihn neugierig. Keine seiner Bewegungen entging ihr. Sie sah, dass er etwas aus der Tasche nahm – eine kleine Glasröhre, deren Korken er herauszog. Eine kleine, weiße Tablette fiel in eine der Tassen.

Sie war noch nervös von den Ereignissen des Tages, erschrak nun und sprang auf. Es kamen ihr plötzlich die grauenvollen Erlebnisse damals in der Schönheitsklinik in Süddeutschland und im Alten Schloss in den Sinn. Diese steckten noch tief in Ihrer Psyche.

»Was haben Sie da eben gemacht?«, fragte Daniela mit ängstlicher Stimme.

Martin sah sie erstaunt an.

»Was soll ich denn gemacht haben?«

»Was haben Sie hier hineingetan?«

Sie nahm die Tasse und ließ die Tablette in ihre Hand gleiten. »Was ist das?«, fragte sie aufgeregt..

»Aber beruhigen Sie sich doch. Das ist eine Saccharin Tablette – ich nehme keinen Zucker.«

»War das denn Ihre Tasse?«, fragte Daniela und errötete. Ach, es tut mir unendlich leid. Ich bin noch so aufgeregt. Sie können das wohl verstehen.«

»Schon gut«, sagte Martin beruhigend und tätschelte freundlich ihre Hand. »Um Gottes willen, ich wollte Ihnen doch nichts tun. Denken Sie mal, wenn ich das beabsichtigte, hätte ich doch vorher schon eine viel bessere Gelegenheit dazu bekommen.«

»Es tut mir leid«, wiederholte Daniela noch einmal leise, »aber die Erinnerungen an früher sind noch präsent.«

»Es war sehr undankbar von mir. Sie müssen sich ein recht schlechtes Urteil über mich bilden.«

»Aber nein, durchaus nicht. Ich kenne ja die besondere Lage, in der Sie sich befinden«, antwortete Martin.

Trotz all ihrer Entschuldigungen beobachtete Daniela aber die Tasse genau, bis Martin sie mit Kaffee und Milch füllte, und sorgsam warf Daniela einen Blick in ihre eigene, ehe sie sich eingießen ließ. Das Essen schmeckte ihr sonst vorzüglich. Schließlich öffnete er auch noch eine Flasche Wein, achtete aber sorgsam darauf, dass er nicht mehr einschenkte, als sie wünschte. Zum Abschluss des Essens bot er ihr noch verschiedene Liköre an, schob ihr nachher den Sessel wieder nahe an den Heizofen und nahm ihr gegenüber Platz.

»Daniela Schmidt – oder soll ich Sie lieber nur Daniela nennen? –, ich möchte ganz offen mit Ihnen reden, denn ich bin sicher, dass Sie mir deshalb nicht böse sind. Selbstverständlich ist alles, was ich Ihnen erzähle, vertraulich. Ich weiß auch, dass Sie niemals darüber sprechen werden. Zwei besondere Ereignisse aus Ihrer Vergangenheit sind mir bekannt, sonst nichts. Und ich möchte auch nicht mehr wissen. Erstens habe ich erfahren, dass Sie bis heute Morgen im Frauengefängnis waren, wo Sie eine lebenslängliche Strafe absitzen sollten. Hier in Deutschland bedeutet eine solche Verurteilung eine Strafe von fünfzehn Jahren, sie kann aber durch gutes Verhalten um einige Jahre gekürzt werden. Welches Verbrechen Sie begangen haben, dass man Sie so schwer bestrafte, habe ich nicht erfahren und mich auch nicht darum gekümmert. Von Ihrer Strafe haben Sie bis jetzt drei Jahre abgesessen, Sie hätten also noch weitere sieben Jahre im Gefängnis bleiben müssen.«

»Nein, zwölf«, verbesserte Daniela. »Es wären tatsächlich noch zwölf Jahre gewesen, wenn ich nicht aus der Anstalt entkommen wäre. Sollten sie mich jetzt allerdings wieder fassen, so müsste ich die vollen fünfzehn Jahre absitzen, abzüglich der bereits gesessenen drei Jahre, dann wird mir nichts geschenkt werden.«

»Nun ja, es bleibt bei den beiden Tatsachen: Sie sind aus der Anstalt geflohen und müssten noch zwölf Jahre absitzen, wenn Sie wieder gefangen würden. Wenn ich also nicht mit meinem Wagen in die Gegend gekommen wäre und Sie am Straßenrand getroffen und nach Hamburg mitgenommen hätte, dann hätte man Sie wahrscheinlich wieder gefasst, und Sie säßen in diesem Augenblick wieder in einer Zelle und warteten auf eine weitere Verurteilung.«, sagte Martin ein bisschen zynisch.

Daniela nickte respektvoll.

»Ich hörte von Ihrer Flucht«, sprach Martin weiter, »als ich in einem Restaurant etwas zum Mittag aß. Ich hatte eine kleine Reparatur an meinem Wagen, und der Monteur erzählte mir, dass gerade heute Morgen eine Strafgefangene ausgebrochen sei. Ich erfuhr auch, dass Sie zu lebenslänglichem Gefängnis verurteilt worden waren. Wie Sie heißen, welche Tat Sie begangen hatten, oder woher Sie kommen, wusste der Mann nicht. Wie sollte er das auch erfahren haben? Die Leitung der Anstalt hatte wahrscheinlich keine anderen Nachrichten in die Öffentlichkeit kommen lassen.«

»Ich bin für ein Verbrechen verurteilt worden, an dem ich unschuldig bin«, erwiderte Daniela leise.

»Es tut mir leid, dass Sie das sagen, Daniela. Ich hoffte sogar im Stillen, dass Sie schuldig wären.«

Daniela sah Martin überrascht an, und zu seinem Erstaunen huschte ein leichtes Lächeln um ihre bezaubernden Mundwinkel.

»Und sicher sind Sie auch schuldig«, fuhr Martin Wolters fort. »Alle Leute, die verurteilt werden, sind schuldig. Der Unschuldige kommt doch eigentlich nur in Kriminalromanen vor. Ich will ganz offen Ihnen gegenüber sein: Ich brauche die Hilfe eines Menschen mit verbrecherischer Veranlagung. Solche Leute sind klug und wissen sich in allen Lagen zu helfen. Verstehen Sie mich recht, ich will nicht, dass Sie noch ein weiteres Verbrechen begehen. Nur sollen Sie den Behörden gegenüber einen anderen Namen gebrauchen als den Ihrigen und weiter unter diesem Namen leben. Ich kann mir zum Beispiel nicht vorstellen, dass Sie unter Ihrem eigenen Namen heiraten würden.«

»Heiraten?«, sagte Daniela und schaute ihn groß an.

»Ja, heiraten«, wiederholte Martin.

»Ich gebe zu, dass die Aussicht nicht gerade sehr anziehend sein mag, aber für Sie bedeutet es ein ruhiges, sorgenfreies Leben, sogar einen gewissen Luxus, interessante Reisen und vieles andere mehr.«

»Wollen Sie mich etwa heiraten?«, fragte Daniela ihn direkt.

Martin sah ihr voll ins Gesicht und zuckte nicht mit der Wimper: »Nein, es ist mein innigster Wunsch, dass Sie Mister Harry McCartney heiraten.«

»Harry McCartney?«, entgegnete Daniela fragend.

»Harry McCartney? Meinen Sie den bekannten amerikanischen Aktienkönig?«

Martin nickte zustimmend.

»Ja. Harry McCartney ist vielfacher amerikanischer Millionär und hat sein Vermögen in verschiedenen Aktien angelegt. Das wäre das Erste, was ich Ihnen mitzuteilen hätte. Zweitens müssen Sie wissen, dass Harry McCartney ein Freund von mir ist – tatsächlich bin ich der einzige Freund, den er in Europa oder in den Vereinigten Staaten hat. Ich mache nun den Vorschlag, dass Sie Harry McCartney nächsten Montag in einer Woche auf dem Standesamt in Hamburg heiraten. Die besondere Genehmigung dazu werde ich beschaffen – vielleicht wird es auch schon Donnerstag sein, aber ich glaube, Montag passt doch besser.«

Daniela legte den Kopf zurück und lachte auf, »Aber warum soll ich denn diesen Mann heiraten?«

»Das werden Sie noch früh genug erkennen«, antwortete Martin.

»Ist es des Geldes wegen, welches dieser Mann hat, und Sie wollen es sich danach mit mir teilen?«, erwiderte Daniela schlagfertig.

»Lassen sie sich überraschen«, grinste Martin.

»Das ist aber sehr merkwürdig, dass Sie alle die Vorkehrungen schon getroffen haben, ohne vorher im Mindesten meine Einwilligung einzuholen«, antwortete Daniela.

»Das stimmt, aber Sie müssen doch selbst zugeben, dass ich keine Gelegenheit hatte, Sie vor heute Abend kennenzulernen.«

»Haben Sie denn bei diesem Plan schon immer an mich gedacht?«, fragte sie hinterlistig.

»Wenn ich offen sein soll, habe ich das nicht getan. Nein, bis heute Morgen lebte die Frau, die mein Freund Harry heiraten soll, nur in meiner Fantasie. Aber nun haben wir uns doch getroffen, und das schreibe ich wieder einmal dem Einfluss der sogenannten sich selbst verwirklichenden Gedanken zu, mit dieser Fähigkeit ich geboren bin und mit der ich lebe. Sicherlich kennen Sie diese Fähigkeit ... Nein? Dann haben Sie sich bisher noch nicht mit Astronomie und Astrologie beschäftigt. Ich gebe zu, dass ich früher bei meinen Plänen nicht an Sie gedacht habe. Aber heute ist ein Wunder geschehen. Auf geradezu märchenhafte Weise sind Sie in mein Leben getreten.«

»Aber nehmen wir einmal an, dass ich mit all Ihren Vorbereitungen nicht einverstanden bin. Wenn ich nun nicht mitmache?«, entgegnete Daniela. »Dann müsste ich Sie allerdings bitten, wieder Ihre nassen, schwarzen Kleider anzuziehen. Ich würde Sie wieder ins Auto setzen und an die Stelle zurückbringen, wo ich Sie heute Abend gefunden habe. Das klingt sehr unfreundlich, und ich gebe Ihnen die Versicherung, dass ich es gar nicht so böse mit Ihnen meine. Im Gegenteil, ich bin stets für ein friedliches und beschauliches Leben und nicht für große Aufregungen. Ich erkläre Ihnen feierlich, dass ich dieses ganze Abenteuer nicht unternommen hätte, wenn ich nicht so große Sorge um meinen Freund Harry McCartney hätte. Er ist ein etwas sonderbarer, älterer Herr.«

Als Martin Wolters dies sagte, schüttelte er dabei bedächtig den Kopf und fügte noch hinzu:

»Und ich muss sagen, dass ich ihn wirklich gern habe.«

»Nun, wir brauchen ja nicht darüber zu sprechen, was passieren würde«, erwiderte Daniela ruhig, »denn ich bin doch nicht so töricht, Ihr Anliegen ohne weiteres zurückzuweisen. Aber ich muss Ihnen doch sagen, dass ich nicht so scharf darauf aus bin, noch einmal zu heiraten.«

»Dann waren Sie also schon einmal verheiratet?«, fragte Martin, der ganz plötzlich aus seiner beschaulichen, ruhigen Stimmung in die harte raue Wirklichkeit geschleudert wurde.

»Sind Sie wieder frei, sodass Sie heiraten könnten?«, fragte er weiter. Daniela nickte.

»Es wäre allerdings verteufelt unangenehm gewesen, wenn Sie zur Zeit einen Mann gehabt hätten – wirklich höchst unangenehm«, betonte Martin noch einmal.

»Was erwarten Sie denn von mir? Was soll ich tun?«, fragte Daniela sachlich.

»Jetzt sollen Sie sich ins Bett legen und ordentlich ausschlafen. Morgen in aller Frühe kommt eine Frau, meine Haushälterin, und bringt das Haus in Ordnung. Ich werde ihr erklären, dass Sie meine Schwester seien, die plötzlich unerwartet zu Besuch kam. Und da Sie Ihren Koffer verloren haben, schicke ich sie in die Stadt, damit sie alles kauft, was Sie brauchen.

»Seien Sie aber vorsichtig. Sie braucht ja nicht nach oben in Ihr Zimmer zu kommen und Sie sehen, sonst könnte die Sache vielleicht etwas unangenehm werden«, meinte Martin lächelnd und betrachtete sie wieder.

»Sie können ja wohl die Kleider, die Sie vorher trugen, in Ihrem Zimmer trocknen – hoffentlich sind keine Stempel vom Gefängnis darin.« Daniela schüttelte den Kopf.

»Nein, es sind gar nicht meine Kleider. Sie gehören der Gefängnisärztin. Ich habe sie mir heute früh angeeignet und den Sträflingsanzug dort gelassen. Ich habe es nämlich so einrichten können, dass ich durch ihr Haus floh.«

»Das ist allerdings sehr gut, ganz vorzüglich.«, antwortete Martin.

Daniela erhob sich, und entgegnete ihm:

»Ich fühle aber deutlich, dass Sie mir noch nicht alles gesagt haben. Sie halten mit etwas zurück.«

»Es gibt Verschiedenes, was ich Ihnen bis jetzt noch nicht gesagt habe«, erwiderte Martin. »Aber das hat noch Zeit und kann bis später warten. In Ihrer jetzigen Verfassung sind Sie nicht fähig, alles zu verstehen. Sie müssen erst ruhiger werden. Wenn erst einige Tage vergangen sind, haben Sie den nötigen Überblick und die nötige Sicherheit, dann können wir über alles Weitere reden.«

Daniela ging die Treppe hinauf, aber als sie etwa auf der Hälfte war, rief er ihr nach:

»Ich schlafe heute Nacht nicht hier im Haus, aber morgen früh komme ich zeitig wieder her. Unten in der Diele ist ein Telefon, wenn Sie etwas brauchen sollten, oder mich anrufen wollen, können Sie mich unter dieser Nummer erreichen. Hoffentlich fällt es Ihnen nicht ein, während meiner Abwesenheit das Weite zu suchen. Geben Sie mir Ihr Wort darauf.«

Er reichte ihr einen Zettel mit seiner Telefonnummer. Daniela lachte.

»Keine Angst. Ich verlasse dieses Haus nicht, wenn ich nicht jemand bei mir habe, der mich in Schutz nehmen kann.«

»Sie sind klug und vorsichtig«, antwortete Martin, »und soweit ich sehe, sind Sie auch unter einem guten Stern geboren. Ich rate Ihnen nur, achten Sie sehr darauf.«

»Auf die Sterne?«, rief Daniela noch vom obersten Treppenabsatz herunter, und ihre Stimme klang etwas verächtlich. »Sie mögen jetzt im Augenblick darüber lachen«, entgegnete Martin überzeugt», »aber für mich haben sich Astronomie und Astrologie sehr wohl bezahlt gemacht.«

Daniela ging ins Schlafzimmer hinauf und setzte sich oben auf die Bettkante. Ihre Gedanken wirbelten durcheinander, während sie hörte, dass Martin unten umherging. Einmal sang er sogar ganz leise eine einschmeichelnde Melodie. Seine Stimme hatte einen sonderbaren Klang, der ihr zu Herzen ging. Nach einer Weile knipste Martin das Licht aus, dann schloss er die Haustür von außen.

Übermüdet und von den vielen Eindrücken heute seelisch mitgenommen, lehnte sich Daniela lächelnd und erschöpft in die Kissen zurück, aber sie konnte nicht einschlafen. Nach dem Vorfall von vorhin, mit der Saccharin Tablette, kamen die Erlebnisse von damals in ihr Unterbewusstsein zurück und die Ereignisse in der Schönheitsklinik von damals wieder zum Vorschein, als wäre es erst gestern gewesen.

So langsam spürte sie, wie ihre Augenlider immer schwerer wurden, wieder zufielen und sich ein Traum breitmachte … Sie hört entfernt die Worte …

»Bis das der Tod Euch scheidet … hiermit erkläre ich Euch zu Mann und Frau«. …

Als Ehepaar verließen sie, augenscheinlich glücklich, die Kirche, umrahmt von Freunden und Verwandten. Es ist ein Tag mit viel Sonnenschein im Herzen und Sonnenschein rein meteorologisch. Jetzt geht es zum Kaffeekränzchen im kleinen Kreis und abends steigt dann die Party. Kennengelernt haben sich die beiden über eine Partnervermittlung in Bremen. Was Daniela damals nicht wusste, ist ein professionell abgesprochener Deal zwischen ihrem jetzt angetrauten Ehegatten und einer Schönheitsklinik in Süddeutschland.

Lange wartete Daniela schon auf den richtigen Mann, hat nach mehreren Beziehungen die Suche aufgegeben. Sie hatte einfach die Schnauze voll. Alle wollten von ihr nur Sex und eine Frau, die den »Herren der Schöpfung« die Wäsche wäscht, kocht und die Wohnung sauber hält. In einer Bremer Tageszeitung reagierte sie dann auf eine Anzeige, »Bei uns finden Sie den richtigen Partner«, einer Partnervermittlung, in Bremen.

Nach verschiedenen Treffen mit den von der Partnervermittlung vorgeschlagenen männlichen Bewerbern, stand plötzlich Holger vor ihr. Von Anfang an, auch nach einigen Treffen und Gesprächen, dachte sie: »Das ist der Richtige.« Zu diesem Zeitpunkt fährt Holger Hoppe LKW für eine Hamburger Spedition und Daniela arbeitet in einem Bremer Supermarkt an der Kasse. Sie lernten sich kennen, zogen zusammen in ein kleines Reihenhaus am Rande von Bremen und beschlossen, nach nur circa drei Monaten des Zusammenlebens, zu heiraten. Für Daniela war ein Traum in Erfüllung gegangen, endlich den Mann gefunden zu haben, wo sie sagen kann, den Mann liebe ich, glaubte sie.

Sie hatte für sich nur ein kleines Problem. Sie war jetzt einundvierzig Jahre alt, empfand sich aber als sehr alt aussehend und hatte eine etwas nach rechts außen gebogene Nase, X-Beine und Plattfüße. Ihre Brüste waren klein und in der Größe nicht gleichmäßig geformt. Ihre Brüder nannten sie früher immer »Das hässliche Entlein.« Ihrem Gang nach zu urteilen, stimmte die Aussage der Brüder.

Damals gingen Ihre Gedanken immer in die gleiche Richtung, eine Schönheitsoperation machen zu lassen, damit ihr Mann nicht eines Tages sagt: »Du bist aber hässlich!«
Sie glaubte nicht wirklich, dass er so etwas sagen würde und sie wusste auch, dass hier ihr eigenes Selbstbewusstsein ins Hintertreffen geraten war, und die Eitelkeit einer Frau in den Vordergrund. Tatsächlich waren ihre empfundenen Unansehnlichkeiten nach außen nicht so gravierend, wie sie es sich einbildete. Sie ist eine hübsche und attraktive Frau.

Sie verschob immer wieder den Gedanken, mit ihrem Mann Holger über eine Schönheits-OP zu sprechen. Sie wusste auch nicht, ob es überhaupt zu operieren geht, oder der Arzt auf einmal sagt:

»Der Kopf muss ab, der Rest kann bleiben!«

Kurz gesagt, ihr Selbstbewusstsein war gleich null.

Von der einen oder anderen Freundin hat sie schon mal gehört, dass man heute alles operieren lassen kann, es aber auch mit hohen Kosten verbunden ist. Die Krankenkassen zahlen solche Operationen nicht. Das Geld hat sie nicht, müsste sich also einen Kredit beschaffen. Da sie ja berufstätig und damals auch verheiratet war, wird das auch zu machen sein. An einem frühen Morgen, die Sonne schien mitten in die Küche, überwindet Daniela ihre Scheu und sagt zu Holger:

»Was meinst Du denn dazu, wenn ich bald eine Schönheitsoperation an mir machen lasse?«

Endlich hat sie angebissen, dachte Holger und fragt:

»Eine Schönheitsoperation?«, »Aber warum denn?«, log er weiter, »für mich bist Du schön!«

Daniela sah ihn verwundert an:

»Sieh` mich doch an«, sagte sie,

»Meine Nase ist krumm, ich habe X-Beine und Plattfüße, meine Brüste sind zu klein und unterschiedlich und mein rechtes Auge schielt nach links.«

Holger grinste freundlich und dachte bei der Aufzählung an eine Geisterbahn auf dem Jahrmarkt.

»Was grinst Du so blöd?«, fragte Daniela.

»Das sind alles Dinge, die zu Dir gehören und so haben wir uns kennengelernt«, antwortete er.

»Du weißt genau, was ich meine«, antwortete sie.

»Ok, wenn Du möchtest, werde ich mich heute darum kümmern, einen Arzt bzw. eine entsprechende Klinik für dich zu finden.«

Daniela ahnte logischerweise nicht, dass Holger schon genau wusste, bei welchem Arzt und in welcher Klinik er anrufen würde.

»Um das Finanzielle brauchst du dir keine Gedanken machen, darum kümmere ich mich.«

»Danke«, sagte sie, umarmte Holger und gab ihm einen zärtlichen Kuss.

Damals war sie froh, endlich ihren inneren Schweinehund überwunden zu haben und fing an, fröhlich pfeifend, den Garten zu verschönern. Sie war guter Dinge und wusste nicht, was da jetzt auf sie zu kommt und dass sie nicht mehr lange leben würde.

Damals an einem Abend hatte Holger bereits Neuigkeiten für Daniela.

»Hallo Schatz«, rief er, als er die Haustür aufschloss und eintrat. »Ich habe Neuigkeiten für Dich.«

»Einen kleinen Moment«, antwortete sie, »ich mache uns gerade einen Kaffee.«

»Dein Aufenthalt auf einer Schönheitsfarm ist organisiert«, fing Holger an.

»Nächsten Mittwoch hast Du um zehn Uhr einen Termin beim Hausarzt, hier in Bremen. Er wird Dich untersuchen und dann eine Überweisung in die Klinik »Institut für Gesundheit der neuen Generation«, in Süddeutschland für Dich schreiben."

»Es sollen hier Anwendungen stattfinden, die auf rein medikamentöser Basis stattfinden und eine ewige Gesundheit, Jugend und ein lebenslang gutes Aussehen garantieren.«

Sie konnte ihr Glück kaum fassen. Die Tränen rollten über ihre Wangen und sie konnte nur schluchzend sagen:

»Danke, Holger.« Sie war überglücklich. Beide nahmen sich in den Arm.

»Ich fahre Dich natürlich hin«, fügte Holger noch hinzu.

Es war zu dem Zeitpunkt damals schon ein ungutes Gefühl für Daniela, von ihrem Ehemann in die Klinik gebracht zu werden. Ihr Bauch sagte immer wieder: »Kehr um Daniela … kehr um!«

Sie konnte nicht wissen oder ahnen, dass hinter diesen Machenschaften die sogenannte »Medikamenten Mafia« steckt und sie als Versuchskaninchen von Holger über die Partnervermittlung angelockt wurde, und er seine Finger mit im Spiel hat, des Geldes wegen. Außerdem schloss er noch eine Lebensversicherung auf ihren Namen ab, für den Fall des Falles. Daniela wusste nichts davon.

Ihre Unterschrift als versicherte Person setzte sie ahnungslos unter den Antrag, den Holger ihr damals, mit den anderen Papieren der Klinik, die ausgefüllt werden mussten, darunter …

Daniela lag noch immer verkabelt auf der Überwachungsstation in der Schönheitsklinik. Sie wird nicht beatmet, aber eine Nasensonde versorgt sie mit zusätzlichem Sauerstoff. Auf einem Bildschirm kann sie die Pulsfrequenz und Hirnströme ablesen. Ihr ging es nicht besonders gut. Neben dem totalen Haarausfall am ganzen Körper fiel es ihr immer wieder schwer zu sprechen. Manchmal konnte sie kein Wort rausbringen, und manchmal ganz klar und deutlich. Auch der Kreislauf war nicht mehr der, der er einmal war.

Der Blutdruck schwankte mehrmals täglich zwischen sehr hoch und dann wieder sehr niedrig, trotz Blutdruckmedikamenten. Von dem Puls ganz zu schweigen, der Durchschnitt lag bei fast dem doppelten eines normalen Blutdruckes.

»Warum haben Sie ihr Mittagessen nicht angerührt Frau Hoppe«, hörte Daniela aus der Ferne.

»Erstens habe ich keinen Appetit, und zweitens sind meine Geschmacksnerven nicht mehr in Ordnung.«

»Egal was ich esse, es schmeckt alles gleich, oder gar nicht«, antwortete Daniela stotternd.

Was der Schwester sofort auffiel, war, wenn Daniela spricht, zog sich ihr rechter Mundwinkel nach unten, nicht durchgehend, sondern nur beim Sprechen, so als wenn ein Muskel nicht mitkommt, oder das Gehirn keine Information zur Bewegung weitergibt.

»Gleich kommt die Visite, Frau Hoppe, sprechen Sie bitte alles an, was Ihnen fehlt und wie es Ihnen objektiv geht, ja?«

Zwischendurch versuchte Daniela wiedermal ihren Mann auf dem Handy zu erreichen …, es kam immer nur die Ansage:

»Der Teilnehmer ist im Moment nicht erreichbar.«

»Komisch«, dachte Daniela, »es wird doch wohl nichts passiert sein«, wähle ich auch die richtige Nummer?«

Was sie nicht wusste, war: Ihr Mann Holger saß eine Etage tiefer mit dem Chefarzt zusammen, um zu beraten wie es mit Daniela weitergehen sollte, denn diese Medikamente, oder die jetzige Dosierung verträgt sie anscheinend nicht.

»Wir müssen einfach das Medikament wechseln, auch wenn das Risiko besteht, das Ihre Frau diesen Wechsel nicht überlebt oder lebenslänglich im Rollstuhl verbringen muss«, sagte der Doktor.

»Ja«, antwortete Holger, »das ist mir klar, lassen Sie uns doch mal in die Versicherungsunterlagen sehen, um festzustellen, welche Summen in welchem Schadenfall an die Hinterbliebenen gezahlt werden«, vielleicht hilft dies, unserer Entscheidung ein bisschen auf die Sprünge.«

»Ha, Ha«, grinste der Doktor, »denken Sie daran, dass von jeder Zahlung der Versicherungen, ein Teil an die Klinik und mich gezahlt werden.«

»Das weiß ich«, sagte Holger Hoppe, »wir können das ja bei der Versicherung als Unfall deklarieren, dann gibt es die doppelte Versicherungssumme«, sagte er weiter.

»Nein«, antwortete der Doktor, »das geht nicht, denn die Deklaration eines Unfalles sagt aus: »Ein Unfall ist ein von außen auf den Körper einwirkendes, gesundheitsschädigendes Ereignis.« »Aha.«

»Herr Hoppe, wir sollten jetzt zu einem Entschluss kommen, wie wir weiter vorgehen wollen, denn Sie als zukünftiger Leiter eines weltweiten Außendienstnetzes, wollen sich ja mit uns etwas aufbauen.«

»Und außerdem, habe ich vor einer Stunde einen Anruf von einem Doktor aus Bremen erhalten, dass eine gut betuchte ältere Dame in unserer Klinik behandelt werden möchte, wir aber im Moment voll belegt sind. Wir brauchen also ein freies Bett.« Beide einigten sich wie folgt: »Ok«, „wir werden gleich die Stationsärztin informieren, Ihrer Frau Daniela in manchen Bereichen eine höhere Dosis zu verabreichen beziehungsweise diese zu reduzieren, und bei Bedarf schmerzlindernde Medikamente zu verabreichen die jetzt vor Kurzem von unserem Anbieter aus Indien neu angeboten werden.«

»Vielleicht bekommen wir dann bei diesem Test, bessere Ergebnisse.«

»So, Frau Hoppe«, sagte die Stationsärztin freundlich, »ich werde Ihnen jetzt etwas zur Beruhigung geben, damit sie ein bisschen schlafen können.«

»Na, endlich«, dachte Daniela.

Ihr war mittlerweile alles egal. Sie wollte nur noch schlafen. Warum sich Holger nicht meldet, ist auch rätselhaft, dachte sie. Dann ist es halt so. Nach einer Stunde konnte sie immer noch nicht schlafen, es gingen ihr zu viele Gedanken durch den Kopf. Sie zweifelte auch an ihrer Entscheidung, überhaupt zugestimmt zu haben. Sie wollte nur ihrem Mann zuliebe besser aussehen und ihrem Ego einen Tritt verpassen.

Dass es dann so ausartet, konnte sie nicht ahnen. Sie dachte auch schon daran, dass alles hier abzubrechen und auf eigene Gefahr die Klinik zu verlassen, egal was die Ärzte sagen, doch das wiederum wollte sie doch lieber erst mit Holger besprechen.

Ihr Unterbewusstsein will ihr immer etwas mitteilen, welches sie aber nicht zulassen kann, da ihr Bewusstsein auf das Geschehene vorherrscht.

Ihre Beine wurden jetzt auf einmal schwer, und immer wieder fielen ihr die Augen zu. Sie konnte kaum noch die Arme heben und ihre Finger waren angeschwollen. Der Griff zur Notklingel war mühsam ... und gelang ihr nicht. ...

***

Ein lautes nicht definierbares Geräusch holte Daniela aus dem Traum zurück und brach den Schlaf abrupt ab. Sie war klatschnass, wie in Schweiß gebadet und zitterte am ganzen Körper.

Ihre Erinnerung an das Geschehene war noch frisch. Die Szenen hatte sie in allen Details vor Augen. Sie spürt das da viel mehr gewesen sein muss ... als wäre sie über Nacht in einen fremden Film eingedrungen, von dem sie tagsüber nur die Umrisse sieht. Die Bilder ziehen wie Nebelschwaden durch ihr Unterbewusstsein, so schemenhaft und doch realistisch.

Ein bisschen desorientiert schlug sie die Augen auf.

Plötzlich stand die Haushälterin von Martin vor Daniela am Bett und sagte in einem beruhigenden Ton:

»Ganz ruhig, keine Angst, ich wollte nur einmal nach Ihnen sehen, weil Sie im Schlaf sehr laut gesprochen haben und ich dachte, Sie bräuchten Hilfe.«

»Scheiße«, sagte Daniela laut, »hätte ich doch damals nur auf meinen Bauch gehört.«

»Wie bitte«, fragte die Haushälterin.

»Ach, nichts«, erwiderte Daniela, »Entschuldigung«, und fügte noch hinzu:

»Nein, vielen Dank, es ist alles in Ordnung.«

Leicht kopfschüttelnd verließ die ältere Dame das Zimmer.

Daniela musste sich jetzt erst einmal orientieren um festzustellen, dass sie ja im Hause von Martin Wolters war. Sie erholte sich langsam von dem Albtraum und nahm sich vor, nichts davon Martin zu erzählen.

Seit langer Zeit fühlte sie jetzt einmal wieder zartes Leinen und weiche Daunenkissen. Sie wusste gar nicht mehr, wie schön das war. Das kam ihr erst wieder richtig zum Bewusstsein, als sie jetzt realisierte, nicht mehr in der Vergangenheit zu sein. Sie glaubte, sie hätte nur die Augen geschlossen und sei sofort wieder aufgewacht, aber merkwürdigerweise war es ein erholsamer Schlaf und ein heller freundlicher Morgen.
Langsam beruhigte sich Daniela wieder und das Zittern ließ nach.

***

2

Inzwischen ging Martin Wolters an diesem Abend durch den rieselnden Regen die Blankeneser Landstraße entlang. Von dieser Straße, an der nur reiche Leute wohnen, geht auf der rechten Seite die Lessingstraße ab, eine Durchgangsstraße, in der viele kleinere, aber vornehme Geschäfte und Villen liegen.

Über einem dieser Läden wohnt Harry McCartney. Seine Nichte Frieda führt ihm die Geschäfte, denn obwohl er mehr als acht Millionen Euro besaß, lebte er einfach, ja beinahe asketisch.

Es grenzte fast an Geiz, dass er schon fünf Jahre in einer möblierten Wohnung zugebracht hatte.

Als Martin Wolters eintrat, lag Harry McCartney auf einem Sofa, das nahe am Fenster stand. Martin Wolters war ein so guter und vertrauter Freund, dass er Haus- und Wohnungsschlüssel besaß und zu jeder Zeit freien Zutritt hatte. Das Zimmer war nur durch eine Leselampe mit einem schönen, grünen Seidenschirm erleuchtet. Sie stand auf einem kleinen Tisch in der Nähe des Sofas. Im Kamin brannte ein behagliches Feuer. McCartney wandte sich um – er hatte eben aus dem Fenster gesehen – jetzt erhob er sich langsam und ließ einen kräftigen Furz erklingen, der seinesgleichen sucht, aber dafür geruch- und geschmacklos. Genauso sah Harry McCartney auch aus, nichtssagend. Er war groß, aber etwas zu dünn. Sein schwarzer Anzug war ihm mit der Zeit etwas zu weit geworden, und auch das glatte weiße Hemd ließ darauf schließen, dass der Mann in den letzten Jahren abgenommen haben musste. Das schmale Gesicht hatte eine bräunliche Färbung. Als einziges Schmuckstück trug er eine große, elegante Goldkette, die von einer Westentasche zur anderen reichte. Seine Wäsche war sehr einfach, aber tadellos sauber, und seine Schuhe sahen gut gepflegt aus. Harry McCartney putzte sie jeden Morgen selbst. An Größe war er Martin Wolters bei Weitem überlegen, selbst jetzt in der gebückten Haltung überragte er ihn. Er nickte zum kleinen Büfett an der Wand hinüber. Dort standen auf einem Tablett zwei gut gefüllte Kristallgläser mit altem Kognak. Martin reichte seinem Gastgeber ein Glas, das andere trank er selbst mit einem Zug aus.

Diese kleine seltsame Zeremonie wiederholte sich jedes Mal, wenn sich die beiden trafen.

»Sie sind heute zehn Minuten zu spät gekommen«, sagte Harry McCartney und wischte sich mit dem Taschentuch über den Mund. »Holen Sie die Karten.«

»Ja, und ich werde auch Licht machen«, erwiderte Martin und betätigte den Lichtschalter.

Martin ging zu einem kleinen Schrank, nahm zwei Pack Karten sowie einen Block heraus und legte beides auf den Tisch.

»Warum schauen Sie denn aus dem Fenster? Was interessiert Sie so sehr?«, fragte Martin neugierig, denn die Nacht war dunkel, und man konnte draußen kaum etwas erkennen.

»Ich beobachte den Zeitungsreporter, der drüben sein Zimmer hat. Ich kann ihn von hier aus sehen. Er ist wieder eifrig bei der Arbeit.«

»Was ist das denn für ein Berichterstatter?«, fragte Martin überrascht. McCartney räusperte sich.

»Er hat seine Wohnung gerade mir gegenüber und ist einer der Leute von der New York Times, wurde mir gesagt. Ich traue ihm aber nicht.

»Woher kennen Sie ihn denn?«, fragte Martin gespannt.

»Er kam heute in meine Wohnung und wollte mich interviewen«, entgegnete der Millionär gleichgültig. »Neugierig sind die Leute ja immer. Er wollte wissen, wann ich nach New York zurückreise, und vor allem, ob es stimmt, dass ich verheiratet sei.«

Harry McCartney lachte laut.

»Ich glaube, das interessiert die Amerikaner gewaltig«, sagte Martin, während er die Karten mischte.

»Ja, die wissen auch nicht, was sie machen sollen«, brummte McCartney. »Ich habe allerdings immer im Mittelpunkt des Interesses gestanden. Sehen Sie, Martin, Graham Whitfield kann es sich unter diesen Umständen leisten, einen Mann nach Deutschland zu schicken, der weiter nichts zu tun hat, als mich zu beobachten und über mich zu berichten. Lesen Sie eigentlich amerikanische Blätter? Die sind höchst interessant. Alle Leute schreiben von mir. Die Leser fressen jeden Artikel, den sie über mich finden.«

»Hat denn der junge Mann drüben nichts anderes zu tun, als nur über Sie zu berichten?«, fragte Martin Wolters.

Harry McCartney grinste.

»Ich weiß ebenso wenig von ihm wie er von mir. Mit dem nächsten Flieger reist er nach New York zurück. Er hat einen ganzen Koffer voll neuer Geschichten über den sonderbaren alten Kauz Harry McCartney. Einige habe ich ihm selbst erzählt, einige hat ihm Frieda berichtet. Wenigstens nehme ich das an.«

»Wie kommt denn Frieda dazu?«, fragte Martin und zog die Augenbrauen hoch. »Sie gestatten doch Ihrer Nichte nicht etwa, dass sie mit einem solchen Mann verkehrt?«

»Aber warum denn nicht«, antwortete Harry, »sie steht doch gesellschaftlich nicht höher als er. Ich möchte sogar sagen, der Zeitungsmann ist wertvoller als sie. Er verdient wenigstens einige zig Dollar die Woche durch seine Schreiberei, und sie hat gar nichts –sie wird auch nichts bekommen.«

»Ziehen Sie jetzt eine Karte«, forderte Martin Harry auf, »damit wir wissen, wer Vorhand hat.«

Sie spielten siebzehn und vier. Harry McCartney spielte es schon seit langer Zeit, und dies war eigentlich seine einzige Erholung und Leidenschaft. Ebenso war dieses Spiel auch das Bindeglied zwischen diesen so ungleichen Charakteren, ja, darauf gründete sich überhaupt die merkwürdige Freundschaft zwischen ihnen.

Martin Wolters war geradezu ein Meister in diesem Spiel, aber Harry McCartney stand ihm kaum nach. »Um was spielen wir heute?«, fragte Martin. »Um hunderttausend Dollar pro Punkt«, erklärte McCartney prompt.

»Das heißt, also: Einen Cent pro Punkt, und einen Dollar für den Einsatz, wie gewöhnlich«, erwiderte Martin ernst und verteilte die Karten. »Wo ist eigentlich Ihre Nichte Frieda?«, fragte Martin so nebenbei.

»Auf ihrem Zimmer. Sie versucht ihre Stimmung zu verbessern.«

»Sie hat aber auch kein leichtes Leben, Sie machen es ihr zur Hölle.«

Der Millionär grinste.

»Ja, sie hofft immer noch, Martin Wolters. Sie hofft, dass ich eines guten Tages sterben und ihr eine Million vermachen werde. Die bildet sich nämlich ein, ich wäre herzkrank und würde bald das Zeitliche segnen. Aber ich denke gar nicht daran.«

Es klopfte an der Tür.

»Komm herein.«, rief McCartney, und das junge Mädchen trat ins Zimmer.

Martin erhob sich und reichte ihr die Hand.

»Hallo, Frau McCartney, ich habe Sie ja eine ganze Woche lang nicht gesehen.«

Martin bewunderte Frieda McCartney. Sie hatte große, graue Augen und eine zarte, schöne Gesichtsfarbe. Er bewunderte auch ihre graziöse Haltung und ihre anmutigen Bewegungen.

Jeder andere hätte sich über das Verhalten des alten Millionärs seiner schönen und liebenswürdigen Nichte gegenüber gewundert. Aber Martin Wolters hatte nur zu oft diese unangenehmen Szenen erlebt. Der alte Harry McCartney runzelte die Stirn, und als er mit ihr sprach, klang seine Stimme rau und abweisend. »Nun, was willst du?«

Sie war an seine schlechten Stimmungen gewöhnt und kümmerte sich nicht weiter darum.

»Ich wollte nur fragen, ob ich etwas für Dich tun kann«, antwortete Frieda.

»Nein, ich brauche nichts«, erwiderte der Alte barsch. »Wenn du etwas tun willst, dann geh ins Bett. Ich brauche keine Wärmflasche für die Nacht, und ich kann auch einschlafen, ohne dass du mir das Kissen in den Rücken stopfst oder dich an mein Bett setzt und meine Hand hältst. Ich kenne schon alle die Tricks einer schönen Erbin, die ihren alten, sterbenden Onkel umgarnen will.«

Frieda sah ihn ruhig an, nickte Martin Wolters noch einmal zu und verließ dann das Zimmer.

»Ich verstehe nur eins nicht. Wenn Sie Frieda hassen, warum behalten Sie sie dann bei sich?«

»Kümmern Sie sich um Ihre eigenen Sachen«, brummte McCartney.

»Wenn ich mich über etwas noch mehr wundere als über die grobe Art und Weise, wie Sie sie behandeln, dann ist es höchstens die Tatsache, dass sie alles mit Gleichmut erträgt und nichts darüber sagt«, antwortete Martin.

»Das muss sie wohl, meinen Sie nicht auch? Ich unterstütze doch ihre Mutter. Wenn ich nicht wäre, würde die doch an Armut ersticken.«

»Aber Sie müssen doch Ihr Vermögen irgendjemand hinterlassen«, sagte Martin energisch.

»Auf keinen Fall meiner Nichte oder ihrer faulen Mutter. Haben Sie mich verstanden?«

»Das habe ich ihr auch schon erklärt. Es wäre überhaupt besser, dass ich mich verheiratete. Ich habe neulich schon gesagt, dass ich es auch bestimmt tun werde.«

»Na, das wäre nicht das erste Mal, dass Sie darüber sprechen«, grinste Martin.

»Haben Sie eine Zeitung mitgebracht?«, fragte der Alte, nachdem sie schweigend ein paar Runden gespielt haben.

»Ja, ich habe eine Abendzeitung.«

»Lassen Sie mich einmal sehen.«

Martin ging zur Garderobe, holte die Zeitung aus der Manteltasche und brachte sie Harry McCartney. Der Alte blätterte die Seiten eifrig um.

»Gut. Sehr gut. Mexikanische Silberminen sind um zwei Punkte in die Höhe gegangen. Ich habe am Montag hunderttausend Kleinaktien davon gekauft.«

Martin Wolters lachte.

»Zum Teufel, warum lachen Sie über das, was ich sage?«

Martin sah ihn verständnislos an und erwiderte:

»Es ist doch wirklich lächerlich. Nun sitzen Sie hier, zergrübeln sich den Kopf, wie Sie Ihr Vermögen vergrößern können, und besitzen so viel Geld, dass Sie nicht wissen, wohin damit, aber trotzdem haben Sie nichts davon. Sie verstehen überhaupt nicht, Geld richtig auszugeben. Wenn Sie wenigstens noch Vergnügen daran hätten, Ihre Einnahmen zu erhöhen.«

»Woher wissen Sie denn Martin, dass ich kein Vergnügen daran habe? Verstehen Sie denn nicht, dass das allergrößte Vergnügen darin liegt, andere Leute davon abzuhalten, das Geld zu verdienen, das man sich selbst in die Tasche steckt? Nicht das Bewusstsein, dass ich ein so großes Vermögen habe, befriedigt mich, sondern die Tatsache, dass andere Leute mein Geld nicht haben. Sehen Sie, das ist ein Trick, den nicht alle Leute verstehen. Die größte Genugtuung beim Kampf liegt in der Niederlage des Gegners.«

»Wer ist eigentlich Ihr Gegner?«, fragte Martin.

»Irgendeiner«, erwiderte McCartney unbestimmt.

»Irgendeiner, der an der Börse gegen mich spekuliert.«

Sie spielten drei weitere Spiele. Nun waren es im Ganzen sechs, und das war das wohlabgewogene Maß der Erholung, das sich der alte McCartney gönnte. Heute freute er sich besonders, denn er hatte gewonnen. Er ging wieder zum Büfett und goss ein Glas Likör ein.

Martin Wolters lachte gutmütig.

»Ich wundere mich manchmal selbst, dass ich immer noch zu Ihnen komme. Aber Sie scheinen mich doch ganz gern zu haben.«

»Ja, da haben Sie nicht unrecht.«

Martin sah ihn eine kurze Zeit mit offenen Augen an.

»Habe ich jemals versucht, Geld von Ihnen zu erhalten, Harry?«

»Nein. Aber damit ist immer noch nicht gesagt, dass Sie nicht einmal den Versuch machen werden. Sie sind so ein ganz heimlicher Kerl, der seine Gelegenheit abwartet. Ich bewundere immer Ihre Geduld, und ich bin sehr neugierig, einmal zu erfahren, worauf Sie hinauswollen und warum Sie eigentlich mit mir verkehren.«

Die beiden lachten herzlich zusammen.

»Aber warum heiraten Sie denn nicht?«, fragte Martin Wolters dann plötzlich.

Der Millionär sah ihn argwöhnisch von der Seite an.

»Sie haben doch nicht etwa eine Schwester, die Sie unter die Haube bringen wollen? Habe ich Sie nun doch erwischt?«

»Nein, ich habe keine Schwester, die ich unter die Haube bringen möchte«, entgegnete Wolters gleichgültig.

»Aber Sie versauern hier mit der Zeit tatsächlich und ärgern sich über die ganze Welt. Schließlich könnte das durch eine Heirat gebessert werden. Sie haben außerdem so oft davon gesprochen, dass Sie heiraten wollen, um Ihre Verwandten zu ärgern, dass ich mich immer wundere, warum Sie Ihr Vorhaben nicht endlich einmal ausführen.«

»Ich habe doch keine Verwandten. Habe ich Ihnen das noch nicht oft genug erklärt?«, entgegnete McCartney scharf. »Da ist doch nur dieses junge Mädchen und ihre Mutter. Die alte Frau ist ein unnützes Wesen, das einmal meinen Bruder Tom geheiratet hat, und wenn der das Geld nicht mit vollen Händen zum Fenster hinausgeworfen hätte, brauchte ich die Frau heute nicht zu unterhalten. Aber der war natürlich großspurig und sagte dem Kellner immer, er brauchte ihm nichts herauszugeben. Aber was sollte ich denn mit einer Frau anfangen?«

»Und was sollte eine Frau mit Ihnen anfangen?«

»Das ist die andere Frage.«

»Aber nehmen wir einmal an«, sprach Martin weiter, »Sie fänden die richtige Frau, die Sie heiraten und die Ihnen keine Unannehmlichkeiten bereiten und getrennt von Ihnen irgendwo auf dem Kontinent leben würde?«

»Das ist der dümmste Vorschlag, den Sie mir jemals gemacht haben. Gehen Sie jetzt, ich möchte mich zur Ruhe legen.«

Martin Wolters ging zum Hotel, in dem er telefonisch ein Zimmer bestellt hatte. Er saß noch lange in einem Lehnsessel vor dem Fenster und überlegte hin und her. Schließlich hatte er sich einen Plan ausgedacht.

Den Millionär hatte er vor einiger Zeit auf einem Kreuzfahrtschiff kennengelernt, und zwar auf der Fahrt von den Vereinigten Staaten nach Deutschland. Die beiden hatten eine merkwürdige Freundschaft miteinander geschlossen, die hauptsächlich darauf beruhte, dass Martin Wolters ein sehr ruhiges und ausgeglichenes Temperament besaß und vorzüglich Karten spielte. In seiner Jugend hatte er ein nicht allzu großes Vermögen geerbt und dann sein Geld in einer Fabrik in Connecticut angelegt, die genügend Verdienst abwarf, um ihm ein bequemes, sorgenloses Leben in Hamburg zu ermöglichen. Er hatte natürlich Harry McCartney dem Namen nach gekannt, denn der Millionär war einer der großen, ungekrönten Könige, und die Presse verherrlichte ihn seit zwanzig Jahren. Die Zeitungsleute kannten seine Schwäche, dass er gern über sich reden hörte. Auf der anderen Seite war er unglaublich geizig. Aber es machte ihm Spaß Geschichten und Witze darüber zu lesen.

Martin ärgerte sich, dass ein so reicher Mann seine Tage nutzlos verbrachte und eigentlich nichts vom Leben hatte. Harry McCartney gab kaum mehr als einen Dollar pro Tag für seinen Unterhalt aus. Er rauchte billige Zigarren und renommierte damit, dass er sich in den letzten fünfzehn Jahren keinen neuen Anzug hatte machen lassen. Während der Überfahrt von den Vereinigten Staaten nach Deutschland hätte er sich natürlich die teuerste Kabine leisten können, aber er fuhr in einer Innenkabine, die er außerdem noch mit einem anderen teilte. Wie sagt man immer, »nach Geiz kommt Krebs« ‚oder?

Martin Wolters hatte im Gegensatz zu ihm eine der besten Kabinen an Bord des Luxusschiffes belegt, und er ließ sich mindestens zwölf verschiedene Anzüge im Jahr machen. Als er McCartneys Eigenheiten kennenlernte, ärgerte er sich zuerst darüber, dann lachte er, und schließlich wurde er nachdenklich. Martin verbrauchte alles Geld, das er verdiente, bis zum letzten Euro, und immer hatte er etwas davon gehabt. Jedenfalls machte er sich das Leben so bequem und angenehm wie möglich. In letzter Zeit war der Ertrag seiner Fabrik geringer geworden, infolgedessen hatte er seinen Chauffeur entlassen und auch die beiden Rennpferde verkaufen müssen, die er in England trainieren ließ. Damit waren auch seine Aussichten und Hoffnungen auf einen großen Sieg und dementsprechende Gewinne gesunken.

Und nun saß Martin vor dem Kaminfeuer in seinem kleinen Hotelzimmer, baute Luftschlösser und träumte von besseren Zeiten.

Währenddessen suchten viele Polizisten im Regen das Gehölz am Rande der Landstraße ab. Manchmal blieben sie stehen und fluchten nicht wenig auf die Frau, die aus dem Gefängnis abgehauen ist..

»Ich gehe die höchste Wette ein, dass sie irgendeinen Bekannten hatte, der sie hier abholte«, sagte ein dicker Beamter und entkorkte seine Whiskyflasche. Er hatte sich unter denselben großen Baum gestellt, unter dem Daniela von Martin Wolters gefunden wurde.

»Hübsch war das Frauenzimmer, nach allem, was man gehört hat. Aber dass man ausgerechnet bei einem solchen Schweinewetter nach ihr suchen soll, ist doch wirklich gemein. Na, dann wollen wir uns erst einmal stärken.«

Der Beamte neben ihm nahm die Flasche und machte auch einen Schluck. »Wenn ihr irgendein Mann zur

Flucht verholfen hat, dann hoffe ich nur, dass sie ihn genauso behandelt wie ihren früheren.«

***

3

Daniela stützte sich auf den Ellbogen und sah blinzelnd voller Freude in den hellen Sonnenschein, der zum Fenster hereinströmte. Zuerst schaute sie bestürzt um sich, aber dann erinnerte sie sich an die Ereignisse des vergangenen Abends und an den Albtraum. Nicht weiter drüber nachdenken, sagte sie sich, es ist Vergangenheit.

Sie sprang aus dem Bett, ging im Zimmer umher und bewunderte die prächtige Einrichtung. Martin Wolters hatte wirklich eine ausgesprochene Vorliebe für Luxus, Farben und Wohlstand. Bürsten und Kämme waren aus echtem Schildpatt und Silber, die venezianischen Glasvasen in verschiedenen Farben, angefangen von Rosa mit blau bis hin zum dunklen lila. Die einzigartigen vielen prachtvollen Radierungen zeugten von geschmackvoller Auswahl. In der Fensternische stand ein zierlicher Empireschreibtisch in einer dunkel glänzenden, nussbaumfarben Lackierung. Schließlich trat Daniela in die Mitte des Zimmers und erfreute sich an dem harmonischen und luxuriösen Gesamteindruck. Alles in allem passte farblich sehr gut. In einem solchen Hause ließ es sich leben. Vorsichtig öffnete sie dann die Tür und hörte, dass unten jemand den Staubsauger in Tätigkeit setzte. Auf Zehenspitzen schlich sie bis zum blank geputzten Treppengeländer und sah nach unten, wo sie eine ältere Frau, wahrscheinlich die Haushälterin, bei der Arbeit sah.

»Ist Herr Wolters schon zurückgekommen?«, fragte sie.

Die Frau schaute nach oben.

»Ja, er war vor ungefähr einer halben Stunde hier«, rief sie hinauf. »Haben Sie mir alles aufgeschrieben, was ich besorgen soll? Herr Wolters hat auch die Zeitungen für Sie hiergelassen. Er sagte, Sie würden sie gern lesen.«

Daniela zögerte.

»Bringen Sie die Zeitungen bitte herauf und legen Sie sie auf mein Bett. Ich bade inzwischen. Können Sie mir auch den Kaffee bringen, bitte?«

»Ich habe das Frühstück schon fertig. Ihr Bruder sagte, ich sollte Sie nicht wecken, bis Sie mich selbst rufen«, erwiderte die Haushälterin.

Als Daniela in ihr Zimmer zurückkam, fand sie einen Stoß Tageszeitungen. Martin Wolters hatte darin mit einem Blaustift verschiedene Annoncen angestrichen, in denen Damengarderobe angeboten wurde. Sie war erstaunt, dass er sich so viel Mühe mit ihr machte.

Dann nahm sie Papier und Bleistift und setzte eine Liste all der Dinge auf, die sie brauchte. Aber plötzlich kam ihr der beunruhigende Gedanke, dass sie ja kein Geld hatte. Wieder ging Daniela nach draußen und bemerkte, dass sich die Haushälterin bereits zum Ausgehen angekleidet hatte.

»Hat Mr. Wolters denn nicht noch etwas für mich zurückgelassen? Vielleicht einen Brief?«

»Ach ja, den habe ich ganz vergessen.«

Die Haushälterin kam mit einem Briefumschlag die Treppe herauf und reichte ihn Daniela durch die Türspalte. Daniela öffnete ihn und fand darin zehn Banknoten zu je fünfzig Euro. Das war reichlich, so viel brauchte sie gar nicht.

»Hier ist die Liste«, sagte Daniela und reichte ihn der Haushälterin.

Daniela war sehr vorsichtig und zeigte sich nicht in ihrem Kostüm, denn die Haushälterin würde natürlich alle Schlafanzüge und Pyjamas ihres Chefs kennen, und schließlich durfte die Gutgläubigkeit der alten Frau nicht zu sehr auf die Probe gestellt werden.

Sie kehrte zu ihrem Bett zurück und las sorgfältig alle Zeitungen durch. Jede hatte eine kurze Notiz über ihre Flucht aus dem Gefängnis gebracht. Daniela las auch eine Personenbeschreibung von sich selbst. Sie musste lächeln, denn nach diesen dürftigen amtlichen Angaben würde es so leicht keinem Menschen gelingen, sie wiederzuerkennen, wenn er sie nicht vorher gesehen hatte. Die meisten Artikel glichen einander, das kam wahrscheinlich daher, dass die Polizei allen Blättern dieselbe Auskunft gegeben hatte. Aber als sie eine Bemerkung sah, wurde sie doch plötzlich ernst: »Man muss annehmen«, lautete der kurze Absatz, »dass es der Strafgefangenen mithilfe eines Freundes gelang, nach Hamburg zu entkommen. Unsere Nachforschungen haben ergeben, dass ein großer, eleganter Wagen am Stadtrand beobachtet wurde, und zwar dicht in der Nähe der Stelle, an der sich die Gefangene verborgen hielt. Es sind bereits Nachforschungen im Gange, den Eigentümer dieses Wagens festzustellen.«

Das war allerdings gefährlich. Wenn die Nummer des Autos jetzt bekannt wurde – oder vielleicht hatte irgendjemand sie gesehen –, dann war sie verraten. Man würde den Eigentümer feststellen können, und wenn bekannt war, dass Martin Wolters den Wagen gesteuert hatte, würde auch sie entdeckt werden.

Ganz abgesehen davon, hatte der Daimler von Martin Wolters eine sehr auffällige Farbe, »Pink«, der würde überall sofort auffallen.

Nach dem ersten Schrecken erholte Daniela sich wieder und dachte ruhiger. Wenn die Nummer des Wagens tatsächlich bekannt wäre, würde die Polizei längst hergekommen sein und das Haus durchsucht haben. Sie wartete ungeduldig auf die Rückkehr der Haushälterin, die ihr die neuen Kleider bringen sollte. Unruhig ging sie im Zimmer auf und ab und sah nervös durch das Fenster auf die Straße.

Nur langsam vergingen die Minuten. Endlich kam die Haushälterin zurück. Sie war zu Fuß gegangen, sicherlich wollte sie das Geld für ein Taxi für sich behalten.

Als Daniela dann jedoch die Kleider in Augenschein nehmen konnte, vergaß sie ihren Ärger. Ein Kostüm von graugrünem Ton kleidete sie vorzüglich, auch wenn es nicht nach ihren Maßen angefertigt war. Dann probierte sie einen einfachen Hut auf, der in der Farbe dazu passte, und zog noch einen Regenmantel an. Als sie sich in dem großen Spiegel betrachtete, fühlte sie sich sicher. Ihr Aussehen wirkte so verändert, dass niemand in ihr die entsprungene Gefangene erkennen würde. Sie suchte auf dem Frisiertisch von Martin Wolters und fand unter anderem auch Puder und sonstige Toilettengegenstände, die sie brauchte. Erst dann erinnerte sie sich daran, dass die Haushälterin ihr das auch alles mitgebracht hatte. Aber Daniela musste doch lächeln, dass sie Martin Wolters richtig beurteilt hatte.

Als sie die schön geschwungenen Augenbrauen nachgezogen hatte, war sie fest davon überzeugt, dass sie das Gefängnistor passieren könnte, ohne von den Wärtern erkannt zu werden.

Und als Martin Wolters eintraf und sie ihm entgegentrat, hatte sie ihre ruhige Haltung und ihr Selbstbewusstsein vollkommen wiedererlangt.

»Sie sehen glänzend aus«, sagte Martin, und seine Augen leuchteten bewundernd auf.

»Gestern machten Sie schon einen sehr guten Eindruck, aber das war nichts im Vergleich zu Ihrem heutigen Aussehen. Was haben Sie denn da in der Hand?«, fragte er.

Daniela reichte ihm die Zeitungsmeldung, die sie ausgeschnitten hatte. Er las sie sorgfältig durch und schüttelte dann den Kopf.

»Als ich gestern Abend mit Ihnen hierher zurückkehrte, bin ich noch einmal nach draußen gegangen und habe mir die Nummer des Wagens genau angesehen. Das Schild war derartig mit Schmutz bedeckt, dass man es unmöglich lesen konnte. Übrigens war es nahezu dunkel, als ich Sie unter dem Baum fand.«

»Was aber viel wichtiger ist«, fügte Martin hinzu, »Sie brauchen einen gültigen Pass. Ihr bisheriger Pass wurde Ihnen ja bestimmt bei der Verhaftung abgenommen.«

»Ja, Sie haben recht«, antwortete Daniela, »und was machen wir nun?«

»Kein Problem«, antwortete Martin schmunzelnd, »Ich werde Ihnen einen neuen Pass besorgen«, Frau Daniela Schmidt. Und wenn Sie dann demnächst erstmal verheiratet sind, kräht sowieso kein Hahn mehr danach. Aus Ihrem jetzigen Aussehen kann auch keiner etwas schließen. Sie sehen blendend aus.«

»Dann ist das also nicht gefährlich«, erwiderte sie und atmete auf.

»Ich bin meiner Sache ganz sicher«, sagte Martin, »und jetzt werde ich Sie auch gleich zum Essen mitnehmen und mich mit Ihnen in der Öffentlichkeit zeigen, und zwar in einem der elegantesten Restaurants der Stadt.«

Direkt vor der Tür parkte der pinkfarbene Daimler. Daniela stieg ein, und Martin fuhr los. Er hatte das Verdeck zurückgeklappt, denn es regnete nicht mehr. Als sie langsam durch die Lessingstraße fuhren, nahm er plötzlich seine Schiebermütze ab. Sie sah schnell zur Seite und bemerkte, wen er so liebenswürdig grüßte. Es war eine hübsche junge Dame in Begleitung eines jüngeren Herrn, die auf dem Gehsteig entlang schlenderten.

»Sehen Sie sich die Dame genauer an, drehen Sie sich aber nicht nach ihr um. Das ist Frieda, Ihre zukünftige Nichte.«, bemerkte Martin.

Martin musste über seinen eigenen Witz lachen.

Frieda McCartney sah dem Wagen interessiert nach. Der war ja auch nicht zu übersehen, ein pinkfarbener Mercedes. Meine Güte, dachte sie, schlimmer geht's nicht.

»Mir kommt dieser Herr sehr bekannt vor«, sagte ihr Begleiter, »Aber wer ist die Frau neben ihm?«

»Er ist ein Freund meines Onkels, ein gewisser Martin Wolters«, erwiderte Frieda, noch immer lächelnd, »Aber die Frau kenne ich nicht!«

»Ja, jetzt erinnere ich mich«, entgegnete ihr Begleiter.

»Martin Wolters, ein Mann aus New York, der sich in Hamburg aufhält und ein richtiger Deutscher geworden ist.«

»Das könnte ich ebenso gut von meinem Onkel sagen«, erwiderte sie zwinkernd.

Ihr Begleiter Erwin schüttelte den Kopf.

»Nein, Onkel Harry ist durchaus kein Deutscher«, antwortete Frieda, »abgesehen von seinen schlechten Manieren.«

»Ich habe meinem Onkel gesagt, dass Sie heute abfahren würden. Kehren Sie wirklich morgen nach Amerika zurück?«

Ihr Begleiter nickte: »Ja, es ist gewissermaßen eine Fortbildung, ein Seminar, woran ich teilnehmen muss.«

»Ich wünschte, ich könnte mit Ihnen fahren«, meinte Frieda nachdenklich. »Ich habe so große Sehnsucht, meine Mutter einmal wiederzusehen.«

»Warum bitten Sie Herrn McCartney nicht, Sie einmal nach New York zu schicken? Ich kenne mehrere Damen, die in nächster Zeit nach drüben fahren. Denen würde es eine große Freude machen, wenn sie sich Ihrer auf der Reise annehmen könnten.«

»Es hat keinen Zweck, meinen Onkel um etwas zu bitten«, sagte Frieda traurig. »Allein die Tatsache, dass ich etwas gern haben möchte, genügt für ihn, es mir abzuschlagen.«

»Warum gehen Sie nicht von ihm fort?«, drängte sie der junge Mann. »Ich weiß wohl, dass mich die Sache nichts angeht. Andererseits ist mir allerdings auch bekannt, dass Sie die große Erbschaft von acht Millionen Dollar ausschlagen, wenn Sie das tun.«

»Darüber brauche ich mir keine grauen Haare wachsen zu lassen. Mit der Millionenerbschaft habe ich nie gerechnet«, unterbrach Frieda ihn, »Für mich ist das Geld niemals bestimmt gewesen. Aber es geht leider aus anderen Gründen nicht. Mein Onkel ist immer sehr gut zu meiner Mutter gewesen, und«.

»Ich verstehe vollkommen«, erwiderte der Begleiter ruhig. »Sie müssen bei ihm bleiben. Vermutlich fesselt Sie der alte Mann dadurch an sich, dass er Ihre Mutter unterstützt.«

Frieda antwortete nicht, aber was er sagte, entsprach den Tatsachen. Sie konnte es nicht in Abrede stellen.

»Aber wie steht es denn bei Ihnen?«, lenkte Frieda ab.

»Sind Sie mit Ihrem Besuch in Hamburg zufrieden, haben Sie genügend Material gesammelt, das Sie für Ihre Zeitungsartikel verwerten können?«

»Ich habe viel erreicht«, antwortete der junge Mann, »Sie wissen doch, dass kurze Geschichten und Witze über Harry McCartney in Amerika glänzend weggehen.«

»Natürlich hat unser Vertreter hier in Hamburg sich auch darum bemüht und viele Geschichten nach New York geschickt«, sprach der junge Mann weiter, »die von Harry McCartney handeln, aber in letzter Zeit ging ihm anscheinend der Stoff aus. Deshalb beauftragte mich Graham Whitfield, die Sache ein wenig in Schwung zu bringen. Zuletzt waren die Sachen, die unser Mann von hier einsandte, zu trocken. Wir brauchen aber etwas Romantik, damit die Leute das Interesse nicht verlieren. Ich habe auch ein paar zugkräftige Geschichten, die sicher gern gelesen werden. Zum Beispiel den Witz, wie er in der Lessingstraße beinahe ein Paar neue Schuhe gekauft hätte, ihm nachher aber der Preis für die beiden zu hoch war und er zunächst nur einen kaufen wollte.«

Frieda sah ihn vorwurfsvoll an.

»Aber Frieda, was haben Sie denn dagegen? Wenn Ihr Onkel so etwas liest, freut er sich halb tot. Ich habe Ihnen übrigens noch nicht die Geschichte erzählt, die uns mit ihm passiert ist.«

»Als wir eines Samstags einmal in unserem Feuilleton schrieben, dass Harry McCartney der geizigste Millionär der Welt wäre, erhielten wir von ihm mit der nächsten Post einen Brief, in dem er furchtbar schimpfte. Die Nachricht von seiner Heirat stammt übrigens nicht von mir. Sie sind doch sicher, dass nichts Wahres an dem Gerücht ist?« Sie zögerte einen Moment.

»Ja, ich bin meiner Sache ganz sicher«, erwiderte Frieda dann. »Mein Onkel sagt zwar immer, dass er sich verheiraten will, aber ich glaube, das tut er nur, um mich zu ärgern und mir alle Hoffnungen zu nehmen, dass ich einmal sein Vermögen erben könnte. Und dabei will ich sein Geld doch gar nicht«, fügte sie bitter hinzu. »Ich habe nur den einen Wunsch, nicht mehr mit ihm im selben Haus zusammenleben zu müssen. Sie können sich nicht vorstellen, wie schwer mir das fällt, Herr Müller.«

»Das kann ich mir schon denken, und ich fahre nicht gern mit dieser besonderen unangenehmen Erinnerung nach Amerika zurück«, erwiderte Erwin Müller zögernd und verständnisvoll.

Er wollte eigentlich noch mehr sagen, aber er unterließ es. Es war nicht das erste Mal, dass er sich mit ihr aussprechen wollte, und nur die eine Tatsache, dass sie später wahrscheinlich doch einmal das ungeheure Vermögen ihres Onkels erben würde, hinderte ihn daran, ihr zu erklären, was er für sie fühlte.

Schon oft hatten sich die Worte auf seine Lippen gedrängt, aber jedes Mal hatte er sich im letzten Augenblick zusammengenommen. Er hatte Frieda kennengelernt, als er den alten Millionär zum ersten Mal besuchte. Harry McCartney war nicht zu Hause, und in der Zwischenzeit hatte Frieda ihn unterhalten.

Später hatten sie sich dann noch häufiger getroffen. Sie wusste allerdings nicht, dass er es jedes Mal so geschickt einrichtete, dass er ihr auf der Straße begegnete. Frieda empfand diese neue Freundschaft wie den Sonnenschein nach langen Regentagen. Und jetzt, da sie wusste, dass er Deutschland bald wieder verlassen würde, fühlte sie sich bekümmert und bedrückt.

»Ich beneide Sie direkt, dass Sie wieder nach unserem lieben, alten New York zurückkehren können. Wissen Sie, was ich am liebsten möchte?«, seufzte Frieda.

»Ich glaube schon«, erwiderte er eifrig.

»Nun, was denn?«, fragte Frieda überrascht.

»Ich möchte es Ihnen nicht sagen, aber das schließt nicht aus, dass ich es gern aus Ihrem Mund hören würde.«, entgegnete er.

»Ich möchte zu gerne in New York einen Ausflug im Auto nach Coney Island machen, einmal wieder mitten in einer großen Menschenmenge sein, all die einzelnen Buden und Sehenswürdigkeiten betrachten und eine ganze Menge heißer Würstchen essen«, schwärmte sie.

»Dann wären Sie am nächsten Morgen sicher todkrank«, entgegnete Erwin nüchtern und praktisch, »da könnte ich Ihnen doch etwas Schöneres vorschlagen, wenn Sie wieder einmal nach New York fahren.«

Frieda und ihr Begleiter kamen jetzt am Lessing Platz an. Zuletzt waren sie langsamer und langsamer gegangen. Erwin musste ihr noch etwas anvertrauen, aber so sehr er sich auch in Gedanken abmühte, er konnte nicht die richtige Einleitung finden.

»Miss McCartney«, begann er schließlich, »ich möchte Ihnen etwas sagen, dass ich schon seit einiger Zeit auf dem Herzen habe.« Er machte eine Pause.

»Ja, und was ist das?«, fragte Frieda ermutigend.

»Sie wissen, ich bin nur ein Zeitungsberichterstatter.« Wieder blieb er stecken.

»Ja, das weiß ich. Sie sind doch bei der ›New York Times‹?« Er nickte.

»Das wollte ich Ihnen eigentlich nicht erzählen. Ich fahre morgen ab, und es mag vielleicht ein paar Wochen oder länger dauern, bis ich Sie wiedersehen kann, wenn Sie nicht inzwischen nach New York zurückkehren sollten.«

»Aber Sie werden mir doch sicherlich schreiben?«, fragte Frieda und sah ihn erschrocken an. »Sie haben doch versprochen, das zu tun.« Er schluckte.

»Ja, ich werde Ihnen schreiben, wenn Sie es gestatten. Und Sie sollen auch wissen, dass ich Ihr bester Freund bin.«

»Das sind Sie«, entgegnete sie lächelnd. »Ich habe keinen anderen Freund, und ich werde immer sehr gern an Sie denken, Erwin Müller.«

»Das freut mich«, entgegnete er, »aber ich möchte Ihnen nur dies eine sagen: Vielleicht sind Sie eines Tages doch eine Millionärin, und dann werde ich Sie nicht mehr behelligen. Wenn Sie aber das Vermögen nicht erben, wenn dieser alte Geizhals – ach, entschuldigen Sie –, wenn Ihr Onkel sein Vermögen irgendwelchen anderen Leuten vermacht – also, wenn das der Fall sein sollte –«.

Dass er in Wirklichkeit ein Versicherungsdetektiv ist und jetzt undercover als Reporter auftritt, verschwieg er Frieda, weil er zu diesem Zeitpunkt noch nicht wusste wie sich zwischen ihr und ihm alles entwickelt, und Frieda ja bei ihrem Onkel wohnt.

Erwin Müller ist auf einen besonderen Fall von Versicherungsbetrug angesetzt, der schon vor ein paar Jahren stattgefunden und in Hamburg seinen Ursprung hat, aber jetzt in einer anderen Form fortgesetzt wird.

Harry McCartney, der Onkel von Frieda, war in Verdacht geraten, dass er damals die Fäden in der Hand hielt. Woher McCartney seine Millionen hat, war nicht bekannt. Er selbst gibt an mit Aktien zu handeln. Ob sein Name im Aktienregister eingetragen ist, wurde noch nicht überprüft.

Was Erwin zu Frieda auch noch sagen wollte, er äußerte es jedenfalls nicht, denn in dem Augenblick wurde er plötzlich angesprochen, wandte sich schnell um und sah Harry McCartney vor sich.

»Hallo, hallo, was machen Sie denn hier?«, rief der Millionär freundlich. »Ich dachte, Sie wären schon abgereist?«

»Mein Schiff fährt erst morgen, Mr. McCartney.«

»Sehen Sie, das ist ja glänzend. Kommen Sie mal her, Erwin, ich habe eine Geschichte für Sie, mit der Sie mindestens eine ganze Seite in Ihrer Zeitung füllen können. Schreiben Sie für Ihr Leserpublikum, dass ich mich zwar verheiraten wollte, dass aber nichts aus der Sache wurde, weil ich mich mit meiner Braut zankte. Keiner von uns wollte nämlich die Kosten für die Trauung bezahlen. Haben Sie die Sache auch richtig verstanden? Und dann habe ich noch eine andere feine Sache.

Schreiben Sie, dass ich, bevor es zur Kirche ging, mir vom Juwelier den Trauring für fünfzig Cent geliehen habe. Ist die Geschichte nicht Gold wert?«

Frieda wandte sich mit einem leisen Seufzer von den beiden ab, nachdem sie Erwin zum Abschied noch einmal zugenickt hatte. Auf jeden Fall kannte sie jetzt seinen Vornamen.

»Ich erzähle Ihnen nächstens die Geschichte zu Ende, Miss McCartney«, sagte Erwin.

»Was ist das für eine Geschichte?«, fragte Harry McCartney, als Frieda fortging. »Handelt sie auch von mir? Aber ich kann Ihnen eine noch viel bessere erzählen. Neulich hat mich doch jemand gefragt, ob ich ihm nicht eine Briefmarke leihen könnte –«.

Erwin Müller hörte nicht hin, obwohl die Geschichte sehr gut erfunden war. Er sah noch immer dem schönen jungen Mädchen Frieda nach.

***

4

Drei Monate später war Erwin Müller wieder in Hamburg, und zwar im Hotel Madison in der Innenstadt. Er arbeitete immer noch an einer Sache, die ihn mehr interessierte als alle exzentrischen Millionärslaunen.

Der Bösewicht in vielen Kriminalgeschichten ist natürlich ein Wahnsinniger, weil er vollkommen von der Norm der gewöhnlichen Menschen abweicht. Ein Mann, der nur Verbrechen begeht um des Bösen Willen, muss ja verrückt sein.

Früher oder später kommt dieser in eine psychiatrische Klinik, wohin er auch gehört. Aber das sind nur die großen Ausnahmen. Die meisten Verbrecher kommen nur deshalb mit den Gesetzen in Konflikt, weil sie durch die Umstände dazu getrieben werden.

Sie wollen einen gewissen Zweck erreichen, und da ihnen das auf legalem Weg nicht möglich ist, geraten sie von selbst auf den Weg des Verbrechens. Von all diesen Leuten sind die Mörder am wenigsten verbrecherisch veranlagt. Siebzig Prozent all der Leute, die wegen Mordes verurteilt werden, haben früher niemals ein anderes

Verbrechen begangen, und waren achtbare Staatsbürger. Menschen, die kaltblütig morden wie die Borgias in früheren Zeiten, gibt es nur selten.
Soweit war Erwin Müller gekommen, als sich die Tür seines Zimmers öffnete und Graham Whitfield, sein Chef, mit einer großen, dicken Zigarre im Mund ins Zimmer trat.

Der Chef einer amerikanischen Versicherungsgesellschaft und Inhaber einer Lokalzeitung, Graham Whitfield, für den Erwin tätig ist, war untersetzt und etwas korpulent, hatte einen kahlen Kopf und machte auch sonst einen wenig sentimentalen Eindruck. Ein durch und durch erfolgsorientierter Geschäftsmann.

Er ließ sich in einem Armsessel an Erwins Tisch nieder. Der junge Mann steckte die Hände in die Taschen und richtete sich in seinem Stuhl auf, denn er wusste, was kommen würde.

»Erwin«, begann Graham Whitfield, »vor drei Monaten kamen Sie hier nach Hamburg, um Harry McCartney zu interviewen, und über ihn zu schreiben. Nachher sind Sie nach New York zurückgefahren und haben alle möglichen Geschichten über ihn mitgebracht, aber darüber, wie es mit seiner Verheiratung steht, haben Sie nichts geschrieben. Drei Monate lang haben Sie nun die Möglichkeit gehabt, eine Geschichte zu schreiben, die alles andere, was in den amerikanischen Zeitungen erschienen ist, in den Schatten gestellt hätte. Und stattdessen schreiben Sie nur, dass Harry McCartney mit einem gepumpten Trauring zum Standesamt kam und sich weigerte, seine Braut zu heiraten, weil sie nicht die Hälfte der Trauungskosten zahlen wollte. Ich muss sagen, die Geschichte war ganz nett, obwohl sie erfunden war.«

»Natürlich ist die Geschichte erfunden«, entgegnete Erwin vergnügt. »Ich habe Ihnen doch selbst erzählt, wie ich dazu kam. Ich musste einen Weg finden um noch mehr Informationen aus ihm rauszuholen, um einen eventuellen Versicherungsbetrug, der sich anbahnt, aufzudecken.«

Erwin machte eine kurze Pause: »Wie Sie ja wissen, Herr Whitfield, hat Harry McCartney auf sein Leben eine Lebensversicherung mit einer hohen Versicherungssumme abgeschlossen, die nach seinem Tode an eine bezugsberechtigte Person ausgezahlt wird. Es sind ein paar Millionen als Versicherungssumme und wenn er heiratet ist in erster Linie dann seine derzeitige Ehefrau bezugsberechtigt.«

Graham Whitfield ließ die große Zigarre von einem Mundwinkel in den anderen wandern und nickte bedächtig.

»Ich bin ja ganz vernünftig, und ich gebe gern zu, dass das, was Sie sagen, stimmt. Trotzdem hat Ihnen der Berichterstatter der New York Finanz, vollkommen den Rang abgelaufen, denn er hat die Neuigkeit von der Hochzeit McCartneys gebracht.«

»Der Mann schließt das doch aus irgendwelchen Nebenumständen«, verteidigte sich Erwin. Vielleicht hat McCartney auch dort eine Lebensversicherung abgeschlossen und die Konkurrenz hängt sich an meine Berichte, um schneller aus der Pflicht herauszukommen.

»Aber er irrt sich. Vor allem stellt es doch Harry McCartney gerade selbst in Abrede. Ich habe ihn verschiedentlich deswegen auf Herz und Nieren geprüft, aber er streitet es glatt ab.«

»Haben Sie ihn denn jetzt wiedergesehen?«

»Ja, heute«, erwiderte Erwin schlagfertig.

»Und, hat er es wieder abgestritten?«

Erwin zögerte. »Heute nicht. Meiner Meinung nach redet er nur von Hochzeit und Trauung, um Frieda McCartney, seine Nichte, zu ärgern.«

»Ist das tatsächlich seine Nichte?«

Erwin nickte zustimmend. »Ich gebe ja gern zu, dass der alte McCartney seit einem Jahr in der Öffentlichkeit immer behauptet, er sei verheiratet, aber er hat sich niemals mit einer Frau gezeigt, und wir haben keinen Beweis, dass überhaupt eine Trauung stattgefunden hat.«

»Aber der Berichterstatter dieses Konkurrenzunternehmens hat doch ziemlich handfeste Beweise beigebracht«, beklagte sich Graham Whitfield. »Er hat steif und fest behauptet, dass die Trauung eine Woche nach Ihrer Abfahrt aus Deutschland stattfand. Und wenn Sie mir nicht den Gegenbeweis liefern und den Berichterstatter des Konkurrenzunternehmens als Lügner entlarven können, muss ich glauben, was er schreibt. Ich habe Sie hergebeten, damit Sie Ihren Fehler wieder gutmachen, aber Sie haben mich einfach sitzen lassen. Deshalb bin ich jetzt extra aus Paris gekommen, um mit Ihnen zu sprechen – und um Sie an die Luft zu setzen.«

Erwin zuckte innerlich zusammen, ließ sich aber nichts anmerken.

»Dann habe ich also meine Stelle verloren?«, fragte er ruhig.

»Selbstverständlich«, antwortete Graham Whitfield. »Ich möchte ja nichts gegen Sie sagen, Erwin, denn Sie sind wirklich ein guter Kerl, aber das erste Mal haben Sie schon nichts von der Verheiratung McCartneys gewusst, und jetzt haben Sie zum zweiten Mal die Sache nicht herausgebracht. Zweimal dürfen Sie solche Böcke nicht schießen. Gehen Sie zu meiner Hamburger Agenturvertretung, der soll Ihnen die Rückfahrt nach New York und Ihr Honorar inklusiv Spesen bis zum Ende des Monats auszahlen. Ich muss mich nach einem wendigeren jungen Mann umsehen, der über Harry McCartney berichtet, und ich kann Ihnen nur sagen, in meiner Kartei steht »kürzlich verstorben« unter Ihrem Namen.«

»Ich danke Ihnen«, sagte Erwin Müller. »Wenn ich nun aber tatsächlich die Sache aufklären kann, nachdem Sie mich an die Luft gesetzt haben, nehmen Sie mich dann wieder in Ihre Kartei auf?«

Graham Whitfield zuckte die breiten Schultern.

»Ich weiß nicht, ob es überhaupt einen Zweck hat, eine Nachricht der New York Finanz zu bestätigen. Nein, das passt mir nicht. Wenn Sie mir aber eine ganz funkelnagelneue Geschichte bringen können, etwas ganz

Hervorragendes, dann werde ich Ihnen ein hohes Erfolgshonorar zahlen.«

Erwin erhob sich und zog seine Jacke an.

»Schön, Mr. Whitfield, aber das eine kann ich Ihnen schon sagen, Harry McCartney ist tatsächlich ein so gutes Thema, dass man eine Riesengeschichte über ihn schreiben kann. Ich habe Ihnen meine Vermutungen und Theorien über ihn ja mehr als einmal erzählt. Ein Versicherungsdetektiv muss immer alles Mögliche wittern und argwöhnen, bis er eines guten Tages durch die Tatsachen gerechtfertigt wird. Ich will auch nicht eine Million Euro für meine Geschichte haben, wenn ich soweit bin, nicht einmal einen einzigen Euro. Wenn ich aber die Wahrheit über die Heirat und einen eventuellen Versicherungsbetrug Harry McCartneys aufgedeckt habe und einen Bericht darüber schreibe, komme ich zu Ihnen.«

»Erwin, ich bin nicht gerne so hart zu Ihnen. Sie sind doch immer ein tüchtiger Mitarbeiter meiner Gesellschaft gewesen, aber es verdirbt die Moral aller anderen Angestellten, wenn der Star-Detektiv nicht auf der Höhe ist. Ich muss Sie einfach an die Luft setzen. Und es ist ja schließlich nicht so schlimm für Sie. Es gibt eine Menge Versicherungsunternehmen, die Sie gern engagieren würden.«

»Meinen Sie, das wüsste ich nicht?«, antwortete Erwin schadenfroh.

»Und dann noch eins, Erwin. Ich muss wirklich sagen, dass Sie in letzter Zeit sehr nachgelassen haben.« Graham Whitfield schüttelte den Kopf.

»Ich habe gehört, dass Sie sich nicht mehr genug um Ihre Arbeit kümmern, weil Sie ein Mädel im Kopf haben. Der laufen Sie nach, und aus diesem Grund taugen wahrscheinlich auch Ihre Berichte nicht mehr so viel wie früher.«

»Nennen Sie mir den Schuft, der solche gemeinen Lügen verbreitet«, erwiderte Erwin und grinste übers ganze Gesicht. »Ich sage Ihnen, der bekommt ein paar Faustschläge von mir zwischen die Zähne, dass er in Zukunft ein neues Esszimmer in seinem Gesicht braucht.«

»Regen Sie sich bloß nicht auf. Wir wollen uns doch hier nicht ärgern, Erwin. Ich habe wirklich sehr große Achtung vor Ihnen – und, verdammt noch mal, ich zahle Ihnen für zwei Monate ein Honorar.«

Erwin lachte.

»Wissen Sie was? Sie werden für mich drei Monate lang ein Honorar zahlen, das steht nämlich in meinem Vertrag. Und wenn ich die Riesengeschichte tatsächlich aufgedeckt habe, Mr. Whitfield, dann komme ich zu Ihnen.«

»Die Geschichte ist wahrscheinlich so gut, dass Sie mich als Teilhaber aufnehmen, denn vermutlich werden Sie nicht genug Geld haben, mich anderweitig zu bezahlen.«

Erwin hatte von Anfang an erwartet, dass ihn Graham Whitfield auf die Straße setzen würde, als er hörte, dass der Boss extra von Paris nach Hamburg kam, um mit ihm zu sprechen.

Tatsächlich war es ihm in Detektivkreisen übel vermerkt worden, dass er die offizielle Verheiratung Harry

McCartneys nicht gemeldet hatte, die man in New York allgemein als Tatsache betrachtete. Aber er hatte sich der allgemeinen Ansicht nicht anschließen können, er misstraute der Geschichte nach wie vor. Jetzt sah er allerdings ein, dass es ein taktischer Fehler gewesen war, allein gegen den Strom zu schwimmen. Aber er hatte sich immerhin auf sein Urteil verlassen. Er kannte ja Harry McCartney besser als irgendein anderer Detektiv, und er wusste, wie sehr der Millionär darauf bedacht war, seine Nichte zu ärgern.

Nachdem Graham Whitfield gegangen war, suchte Erwin sein Manuskript für das große Werk zusammen, das er über Verbrechen und Verbrecher schrieb.

Die Welt sollte staunen, wenn es erschien. Er schloss die Blätter in eine Schublade, nachdem er sie geordnet hatte. Dann sah er auf seine Uhr. Für Frieda war es noch zu früh, er hatte mit ihr verabredet, dass er sie am Abend im Park treffen wollte.

Drei Monate waren vergangen, und er hatte seine Geschichte, die damals durch Harry McCartney unterbrochen wurde, noch nicht zu Ende erzählt. Aber das Ende war jetzt bedeutend schwieriger zu erzählen, nachdem er seine Stellung verloren hatte. Trotzdem machte ihm das im Augenblick keine zu großen Kopfschmerzen, denn plötzlich kam ihm ein Gedanke. »Martin Wolters«, rief er. »Den muss ich jetzt sprechen.« Erwin nahm ein Telefonbuch und suchte Wolters Adresse. Zehn Minuten später klingelte er schon an dessen Haustür.

Der selbstzufriedene, ruhige junge Martin Wolters war allein und legte auf einem Tisch in der Nähe des Fensters ein paar Akten ab, als Erwin ankam.

»Kommen Sie herein«, rief Martin vergnügt. »Ich bin Ihnen zwar noch nicht vorgestellt worden, aber ich kenne Sie. Ihr Name ist doch Müller?«, fragte Martin Wolters freundlich.

»Ja, so heiße ich, und ich möchte Sie bitten, mir ein paar Minuten Gehör zu schenken. Ich weiß wohl, dass Ihre Zeit sehr wertvoll ist.«

»Möchten Sie einen Kaffee?«, fragte Martin den ungebetenen Gast und fügte weiter hinzu: »Bitte setzen Sie sich.«

Er sah auf seine Akten, die vor ihm auf dem Tisch lagen, schob sie ein bisschen zurück und lachte.

»Sie brauchen deshalb nicht ironisch zu werden«, erwiderte er lächelnd. »Was kann ich für Sie tun?«

»Ich will Ihnen alles offen sagen«, erklärte Erwin. »Ich bin ein Berichterstatter der New York Times.«

Martin Wolters nickte.

»Harry McCartney hat mir davon erzählt.«

»Nun gut, dann soll auch Harry McCartney erfahren, dass ich wegen seiner Heiratsgeschichte entlassen worden bin«, antwortete Erwin.

»Was hat denn seine Heiratsgeschichte mit Ihrer Entlassung zu tun?«, fragte Martin.

»Mein Konkurrent von der New York Post hat die Geschichte zuerst veröffentlicht«, stolperte Erwin mit Worten, und ich bin deswegen jetzt meine Stellung los.

Ich frage Sie nun, Herr Wolters: Ist es wahr, dass Harry McCartney verheiratet ist?«

»Langsam, langsam«, begann Martin, »regen Sie sich nicht auf, unter diesen Umständen will ich nicht abstreiten, dass er nicht verheiratet ist.«

»Heißt das nun, dass er verheiratet ist oder etwas anderes?«, wollte Erwin ungeduldig wissen.

»Ich kann Ihnen auch nicht mehr erzählen als das, was Mr. McCartney seinen besten Freunden sagt.«

Erwin erhob sich.

»Ich sehe, dass ich mich in Ihnen getäuscht habe, Martin Wolters. Ich dachte, Sie würden mir eine wirklich brauchbare Auskunft geben. Dieser Berichterstatter hat in seinem Blatt geschrieben, dass sich Harry McCartney eine Woche nach meiner Abreise von Hamburg vor drei Monaten tatsächlich trauen ließ.«

»Das ist immerhin möglich«, meinte Martin und zuckte die Schultern. »Ich bin ein Freund Harry McCartneys und kann wohl sagen, sogar ein sehr guter Freund, aber er bespricht seine Privatangelegenheiten weder mit mir noch mit einem anderen. Ich kann Ihnen daher auch nichts anderes mitteilen, als das, was der amerikanische Millionär den Presseleuten erzählt hat.«

»Und das ist so gut wie gar nichts«, erwiderte Erwin verzweifelt.

»Ja, praktisch läuft es jetzt darauf hinaus«, gab Martin gelassen zu.

Erwin hatte ja auch nur wenig Hoffnung darauf gesetzt, dass Martin Wolters die Geheimnisse seines Freundes preisgeben würde. Er wollte eigentlich an

Wolters noch weitere Fragen stellen, aber er hatte eine Verabredung, die er unter gar keinen Umständen versäumen durfte, selbst wenn er noch so viele Informationen für seine Zeitung erhalten konnte.

Frieda McCartney wartete am Eingang eines Hamburger Parks auf Erwin, und sie gingen zusammen die gut gepflegten Wege entlang. Eine Zeit lang vergaßen sie ihre Sorgen und Schwierigkeiten.

Während der vergangenen drei Monate hatten die beiden einen regen Briefwechsel miteinander unterhalten. Nach seiner langen Abwesenheit von Hamburg hatten sie sich nun wieder getroffen, und sie fanden, dass sie sich nicht, höchstens zum Besseren, verändert hatten. Friedas reizendes Aussehen fesselte Erwin mehr denn je, als er sie wiedersah, und er grollte dem Schicksal, dass es ihm neue Hindernisse für die Erreichung seiner Ziele in den Weg legte. Diese drei Monate hatte er von nichts anderem geträumt als von Frieda und einem gemeinsamen Lebensglück mit ihr. Und sie sah, dass er gereifter und zielsicherer geworden war, und freute sich, dass sie jemand hatte, dem sie all ihren Kummer anvertrauen konnte. Den großen Entschluss, den Erwin gefasst hatte, musste er ihr noch mitteilen, aber glücklicherweise gab es noch andere Mittel und Wege, als sich durch Worte zu verständigen.

Sie gingen zusammen tief in den Park hinein, bevor er an seinen eigenen Kummer dachte.

»Ach, ich muss Ihnen noch etwas erzählen, Miss McCartney. Ich habe meine Stellung verloren.«

»Wieso?«, fragte Frieda überrascht. »Ihre Zeitung hielt doch so große Stücke auf Sie?«

»Das ändert an den Tatsachen nichts. Der alte Graham Whitfield kam eigens von Paris aus seinem Urlaub hierher, um mich auf die Straße zu setzen. Ich hatte schon eine Vorahnung, dass er zu diesem Zweck nach Hamburg käme, aber ich hoffte doch, dass er mir noch einen oder zwei Monate Zeit geben würde, bis ich die ganze Geschichte beisammen hätte.«

»Sind Sie immer noch davon überzeugt, dass mein Onkel verheiratet ist?«, fragte Frieda aufgeregt.

»Ich weiß kaum, was ich dazu sagen soll«, antwortete Erwin.

»Ach, ich wünschte nur, es stimmte und er hätte wirklich eine Frau«, sagte Frieda heftig. »Sie wissen ja nicht, wie entsetzlich es ist. Wenn ich nur irgendeinen Vorwand finden könnte, um von ihm fortzugehen – keinen Tag länger würde ich warten. Er ist ganz unausstehlich zu mir – viel schlimmer als jemals zuvor. Er verhöhnt mich dauernd und macht mir Vorwürfe, dass ich es nur auf sein Geld abgesehen hätte und auf seinen Tod warte. Es ist kaum wiederzugeben, was er mir alles sagt. Ich wünschte tatsächlich, er wäre tot, so grausam und abstoßend das auch klingen mag. Ich kann mir nicht helfen, aber mir wäre es nur recht, wenn er sein grässliches Geld mit sich ins Grab nehmen würde.«

Erwin legte die Hand auf ihre Schulter.

»Aber liebe Frieda«, sagte er und wunderte sich selbst über seine Kühnheit, »so dürfen Sie nicht sprechen. Sie sind überreizt. Warum gehen Sie nicht in die Vereinigten

Staaten zurück? Schließlich ist es doch nicht ausgeschlossen, dass Harry McCartney Ihre Mutter zur Erbin eingesetzt hat.«

***

5

Erwin wusste im Voraus, was Frieda darauf sagen würde. Während seines Aufenthaltes in New York hatte er die Gelegenheit genutzt, Nachforschungen nach ihrer Mutter anzustellen.

Friedas Mutter war eine liebenswürdige, freundliche Frau, die sich aber in wirtschaftlichen Dingen nicht zu helfen wusste und ähnlich wie Martin Wolters eine Schwäche für Luxus und Komfort hatte. Dass sie dieses angenehme Leben auf Kosten ihrer Tochter führte, wusste sie wohl nicht. Und wenn sie es doch wusste, wie elend sich Frieda in Hamburg bei ihrem Onkel fühlen musste, machte sie sich weiter keine Sorgen darüber.

Es war möglich, dass sie eine Ahnung von den Verhältnissen hatte, in denen ihre Tochter lebte, denn als sie einmal mit Erwin von Frieda sprach, gebrauchte sie den Ausdruck: »Mein armes, gutes Mädchen.« Erwin hatte den Eindruck, dass die Frau bis zu einem gewissen Grade selbstsüchtig war und zu viel vom Leben verlangte. Mit diesen gefühlvollen Worten, die ihr Mitleid ausdrückten, glaubte sie wahrscheinlich, den Dank abzutragen, den sie ihrer Tochter schuldig war.

Frieda machte eine Bewegung mit den Händen, die ihre Hoffnungslosigkeit zeigte.

»Wie könnte ich denn von hier fortgehen«, betonte sie, »Sie wissen doch ebenso gut wie ich, dass das unmöglich ist. Meine Mutter hat mir geschrieben, dass Sie sie besucht haben.«

Erwin nickte.

»Aber Sie wissen ja selbst, dass ich nicht fortkann«, sagte sie hilflos. »Oder wie soll ich es denn Ihrer Meinung nach anstellen?«

Er sprach nicht weiter über dieses Thema.

»Ich möchte Sie nicht gern über die Verhältnisse Ihres Onkels ausfragen, und auf keinen Fall will ich Ihnen auf die Nerven gehen oder Sie beunruhigen. Sie müssen mir sofort sagen, wenn es Ihnen zu viel wird. Es wäre leicht möglich, dass ich auf einmal die Grenze des Erlaubten überschreite.«

»Erwin, ich will Ihnen alles sagen, was ich weiß«, entgegnete Frieda schnell.

Erwin lächelte fröhlich über die natürliche Art und Weise, wie sie ihn beim Vornamen nannte. Auf dieses Glück hatte er nicht zu hoffen gewagt.

»Erinnern Sie sich noch an den Morgen, an dem ich mich vor drei langen Monaten von Ihnen verabschiedete?«, fragte Erwin.

»Den werde ich nicht so leicht vergessen«, erwiderte sie und warf ihm einen sonderbaren Blick zu. »Es war – schön. Sie müssen nicht denken, dass ich zu frei bin, aber Sie sind der erste Mann, den ich als meinen Freund bezeichnen darf. Als Sie damals fortgingen, erschien mir das Leben ein wenig einsam und leer. Aber damit will ich nun nicht gerade sagen, dass ich« – sie sah ihn treuherzig an – »in Sie verliebt bin.«

»Ach nein«, entgegnete Erwin hastig.

»Selbstverständlich ist das nicht der Fall.«

»Oder dass ich annehme, Sie liebten mich. Männer und Frauen können ja auch gute Freunde sein, ohne dass sie sich ineinander verlieben.«

»Ganz bestimmt«, erklärte Erwin mit Nachdruck.

»Nichts kann einem leichter passieren, als dass man ein freundschaftliches Verhältnis mit einer hübschen jungen Dame hat.«, sagte Erwin grinsend.

»Ja, ich kann mich noch sehr gut auf die Zeit besinnen, als Sie hier in Hamburg waren. Es waren herrliche Wochen. Und nachher haben Sie mir sofort von New York aus geschrieben – Erwin, das war der beste und freundlichste Brief, den je ein Mann einer jungen Dame schrieb. Aber bis ich den ersten Brief bekam, fühlte ich mich so verlassen, dass ich eigentlich nicht mehr weiterleben wollte. Ich habe Sie aber eben unterbrochen Erwin«, Entschuldigung.«

»Erinnern Sie sich noch an die Zeit, als ich von Hamburg fortging? Ich meine, ein bis zwei Wochen nach meiner Abreise?«, fragte Erwin.

»Ja, gewiss«, antwortete sie schnell.

»Ist Ihr Onkel damals dauernd in seiner Wohnung in der Lessingstraße geblieben? Ich meine, hat er alle Nächte zu Hause zugebracht?«

Frieda schüttelte den Kopf.

»Es ist merkwürdig, dass Sie danach fragen. Für gewöhnlich bleibt mein Onkel niemals über Nacht fort. Und das hat auch seinen Grund. Es erscheint ihm als Verschwendung, ein Logis im Hotel zu bezahlen. Und so kommt es, dass er stets zu Hause schläft. Aber damals hat er eine Ausnahme gemacht. Unsere Haushälterin sagte mir noch vor ein paar Tagen, dass er vor drei Monaten das erste und einzige Mal die Nacht auswärts zugebracht hätte.«

»Wann war denn das?«, fragte Erwin.

»Fünf Tage nach Ihrer Abfahrt. Er sagte mir auch nicht, wohin er ginge, er bemerkte nur in seiner gewohnten, brüsken Art am Nachmittag, dass er am Abend nicht nach Hause zurückkäme, da er mit einem Freund eine längere Autotour vorhätte und erst am nächsten Abend zurückkommen wollte.«

»Und wann ist er zurückgekommen?«

»Ich glaube, es war acht Uhr, es kann aber auch neun gewesen sein«, sagte sie, nachdem sie einen Augenblick nachgedacht hatte. »Auf jeden Fall war es spät am nächsten Abend.«

»War er allein?«

Frieda schüttelte den Kopf.

»Nein, Martin Wolters war bei ihm. Sie kamen zusammen die Treppe herauf. Ich war in meinem Zimmer und hörte sie. Mein Onkel hat gewisse Eigenheiten, und wenn Martin Wolters ihn besucht, werden immer zwei Gläser mit Kognak aufs Büfett gestellt. Die trinken sie erst, und dann spielen sie Karten. Wenn sie fertig sind, trinken sie noch ein Glas, und darauf verabschiedet sich

Martin Wolters. Solange ich die beiden kenne, war es nicht anders. Das ist eigentlich der einzige Luxus, den sich mein Onkel gestattet.«

»An jenem Abend hatte ich nun vergessen«, sprach Frieda weiter, »die Gläser einzuschenken, ich wusste auch nicht genau, ob Mr. Wolters kommen würde. Mein Onkel sagt mir gewöhnlich am Nachmittag, ob Martin Wolters uns abends besucht. Er rief mich ziemlich laut herunter und fragte in barschem Ton, warum ich den Kognak nicht eingeschenkt hätte. Aus diesem Grund weiß ich noch genau, wie es war. Ich kann mich auf den Tag besinnen, als ob es gestern gewesen wäre.«

»Hat er gesagt, wo er war?«

»Nein, nicht ein Wort. Er sagt mir nur selten etwas und ist sehr verschlossen. Höchstens wirft er mir vor, wie viel Geld ich ihm koste und wie enttäuscht ich sein werde, wenn ich nach seinem Tod erfahren würde, dass er sein großes Vermögen für wohltätige Zwecke bestimmt hätte.«

Erwin lachte und legte ihren Arm in den seinen.

»Dann wissen Sie also auch nicht viel mehr über die ganze Sache als ich, Frieda. Aber der Korrespondent von dem Konkurrenzblatt hat die Geschichte veröffentlicht, das wissen Sie doch?«

»Ja, ich habe es erfahren. Mein Onkel war sehr belustigt und freute sich, dass ein so großer Artikel über ihn erschien. Er hat ihn ausgeschnitten und mit einer Heftzwecke an der Wand befestigt. Sooft ich ins Zimmer kam, zeigte er darauf und fragte mich, ob ich es gesehen hätte. Er ist ein merkwürdiger Mann, dass er sich darüber freut, wenn er andere Leute ärgern kann. Selten war er so vergnügt wie damals.«

»Ist sonst niemand hier ins Haus gekommen?«

»Nein, niemand«, entgegnete sie bestimmt.

»Sonderbar«, sagte Erwin und schüttelte den Kopf.

»Wie benimmt sich eigentlich Martin Wolters Ihnen gegenüber?«

»Er ist immer sehr liebenswürdig und tut alles, um die schlechte Stimmung meines Onkels zu vertreiben. Soviel ich weiß, ist er der Einzige, der einen gewissen Einfluss auf ihn hat. Er tut sogar manches ohne Wissen meines Onkels, um mir das Leben leichter zu machen. Aber ich kann ihn nicht richtig leiden, er ist mir zu weiblich. Zum Beispiel hat er großes Interesse an Kleidern und Hüten. Als mein Onkel neulich einmal nicht zu Hause war, musste ich Martin Wolters unterhalten, und er sprach dauernd von nichts anderem als von Kleidern und von Garderobe. Ich hatte damals gerade mein einziges neues Kleid verdorben, indem ich eine Tasse Kaffee verschüttete. Er tröstete mich und sagte, er würde schon mit dem Onkel sprechen, dass ich die nötigen Kleider bekäme.« Frieda lachte wieder.

»Das spricht jedenfalls für seinen guten Charakter«, erwiderte Erwin nachdenklich.

»Aber ich darf Sie nicht wieder so lange allein lassen, Frieda.«

»Ja, aber wie wollen Sie das denn machen?«, fragte sie und sah ihn erstaunt an.

»Ich muss Sie eben von hier mit mir fortnehmen«, sagte Erwin vergnügt. »Übrigens wird es nicht lange dauern, bis ich wieder eine gute Stellung bekomme, und etwas Geld habe ich ja auch. Meine Mutter ist nicht ganz ohne Vermögen. Sie könnten bei meinen Verwandten leben.«

Frieda schüttelte den Kopf.

»Aber Erwin, Sie müssen doch einsehen, dass das nicht geht. Meine Mutter ist wirklich arm, und selbst wenn ich einwilligte, dass Sie für mich sorgen, kann ich doch nicht von Ihnen verlangen, dass Sie obendrein noch meine Mutter unterhalten.«

Frieda machte einen Augenblick lang ein trauriges Gesicht und fuhr dann fort:

»Ich weiß, dass ich aus der Familie McCartney bin, und ich besitze wahrscheinlich auch alle die schlechten Eigenschaften der Familie, aber es gibt manchmal Zeiten —«.

Erwin drückte ihren Arm liebevoll und war froh, dass er sie trösten konnte.

Es war bereits elf Uhr, als Erwin in sein Hotel zurückkam. Ein englischer Pressemann wartete unten in der Halle auf ihn.

»Hallo, Erwin. Wir haben gehört, dass der alte Graham Whitfield sich von Ihnen getrennt hat. Der Chefredakteur hat mich sofort hergeschickt, um Ihnen sagen zu lassen, dass bei uns immer ein Redaktionsstuhl für Sie frei ist, wenn Sie zu uns kommen wollen.«

Erwin grinste. »Nein, das ist nicht gut genug für mich, ich schreibe nur Geschichten, für die ich eine Million Dollar bekomme.«

»Wie machen Sie das denn?«, fragte der andere interessiert. »Sie wollen doch nicht etwa sagen, dass Sie für einen Artikel oder eine Artikelserie ein so hohes Honorar erhalten?«

»Doch, so viel ist meine Arbeit wert«, erklärte Erwin, »aber in Wirklichkeit bekomme ich wohl etwas weniger.«

Erwin erzählte ihm nun von seinen Schwierigkeiten, und der andere Journalist lachte über die Einstellung der Amerikaner.

»Aber warum machen Sie sich denn so große Kopfschmerzen?«, fragte dieser schließlich erstaunt.

»Sie können doch sehr einfach feststellen, ob Harry McCartney geheiratet hat oder nicht. Sie brauchen sich doch nur an das Zentralstandesamt in Hamburg zu wenden.«

Erwin sah ihn erstaunt an, denn davon hatte er noch nie etwas gehört.

»Dieses Standesamt«, fuhr der andere fort, »ist die Zentralstelle, wo alle Eheschließungen, Geburten, Todesfälle, Scheidungen und andere Unglücksfälle registriert werden, die den Einwohnern passieren. Wann soll denn eigentlich die Trauung gewesen sein?«

Erwin gab die ungefähre Zeit an.

»Nun, die Sache ist wirklich furchtbar einfach.«

Der Journalist erklärte Erwin, wie er es machen müsste, um die gewünschte Aufklärung zu erhalten. Merkwürdig, dachte Erwin, als er sich am Abend auskleidete, dass ich nicht längst auf diese einfache Lösung gekommen bin.

Schließlich war er ja nur auf Besuch in Deutschland und kannte wenig von den Einrichtungen des Landes.

Glücklicherweise hatte der Sonderberichterstatter des Konkurrenzblattes ebenso wenig Ahnung davon wie er, und so hatte Erwin immer noch Gelegenheit, amtliche Feststellungen über die eventuelle Trauung Harry McCartneys zu machen. In der amerikanischen Presse war jedenfalls darüber noch nichts mitgeteilt worden. Der freundliche Journalist hatte versprochen, ihn am nächsten Vormittag zum Zentralstandesamt zu begleiten, und als Erwin morgens in die Hotelhalle kam, wartete der Mann schon auf ihn.

Die Durchsicht der Register im Computer war lächerlich einfach. Nach einer Viertelstunde hatten sie bereits die betreffende Eintragung entdeckt. Erwin war bestürzt und verstört, als er jetzt den nackten Tatsachen gegenüberstand. Schwarz auf weiß konnte er hier lesen:

Harry McCartney, 66 Jahre alt, Junggeselle, getraut mit Daniela Schmidt, 39 Jahre alt, Witwe.

»Unglaublich«, sagte Erwin atemlos. »Und das hätte man nun schon längst hier erfahren können. Nur einen Euro hätte ich zu zahlen brauchen, dann hätte ich schon vor drei Monaten eine beglaubigte Abschrift dieser Eintragung in Händen gehabt. Wo kann ich hier schnell ein Kursbuch bekommen?«

»Wohin wollen Sie denn?«, fragte sein Begleiter.

»Nach Bremen«, erklärte Erwin entschlossen. »Ich will mir dort eine Abschrift der Trauungsurkunde ausstellen lassen. Und nachher gehe ich zu Harry McCartney und reibe ihm die Tatsache unter die Nase. Dann muss er mir sagen, warum er die Sache bis jetzt verheimlicht hat und warum er nicht mit seiner Frau zusammenlebt. Und Sie können sich darauf verlassen, der gibt mir die Fotografie der Frau, die er geheiratet hat, sonst schreibe ich einen Artikel über ihn, den er sich nicht hinter den Spiegel steckt.«

Die Fahrt nach Bremen erschien ihm endlos – in Wirklichkeit dauerte sie nur zwei Stunden. Unterwegs arbeitete er in Gedanken schon den Entwurf der epochemachenden Geschichte aus.

Ohne große Schwierigkeit fand er das Standesamt und wurde auch sofort in das Büro des Amtsvorstehers geführt. Es war ein untersetzter, stämmiger Mann von mittleren Jahren, der Erwin wohlwollend betrachtete und ihm ein Ankündigungsformular hinschob.

»Ach nein«, protestierte Erwin und wurde rot. »Ich will mich hier nicht trauen lassen, ich möchte mich nur nach einer Trauung erkundigen, die vor drei Monaten hier stattfand.«

»Ach, das war noch während der Amtszeit meines Vorgängers. Können Sie mir Namen und Datum genauer angeben?«

Erwin reichte ihm den kurzen Auszug aus dem Register vom Zentralstandesamt. Der Beamte tippte die Daten in den Computer ein, und schließlich fand er das Protokoll.

»Das dachte ich mir schon«, sagte der Beamte. »Es ist die letzte Trauung, die mein Vorgänger vorgenommen hat. Ich habe von der Geschichte gehört. Der Herr – Harry McCartney – wünschte durchaus, getraut zu werden, und mein armer, alter Freund war damals sehr krank und lag im Bett. Aber er stand auf, obwohl es die Ärzte ihm verboten hatten, da ihm eine außerordentlich hohe Geldbelohnung dafür versprochen wurde. Der Sekretär hat mir oft davon erzählt. Nachher ist er dann bald gestorben. Dieser Harry McCartney ist doch ein vielfacher Millionär, oder?«

»Ja«, erwiderte Erwin erfreut, »um den handelt es sich hier.«

»Und ich soll Ihnen wohl eine beglaubigte Abschrift der Trauungsurkunde ausstellen?«

»Ja, Sie haben mich vollkommen richtig verstanden.«

Erwin fuhr mit dem nächsten Zug nach Hamburg zurück und kam kurz nach sechs dort an.

***

6

Martin Wolters war in seinem luxuriösen Wohnzimmer und sehr nachdenklich.

Er saß am Wohnzimmertisch und war mit dem Essen beschäftigt, welches er sich vorher aus der Eppendorfer Grillstation, dem Kultgrill in Hamburg, besorgt hatte. Er hatte das Gefühl, dass sein Stern durch Wolken verdüstert wurde. Vielleicht stand er auch gerade jetzt nicht am Himmel, oder er war im Untergang begriffen.

Er war in einer sehr trüben Stimmung und fühlte sich unsicher, denn drei Dinge waren in dieser Woche passiert, die ihm schwer zu denken gaben. Erstens war ein Brief von seinem Geschäftsführer in New York angekommen, sehr prosaisch und rein geschäftlich abgefasst. Zweitens hatte er zu Hause mit seiner Haushälterin Ärger, und drittens hatte ihm am Nachmittag ein Eilbote eine Mitteilung von Harry McCartney gebracht. Sie war nur sehr kurz und lautete:

Würden Sie heute Abend um acht zu mir kommen? Ich möchte dringend mit Ihnen sprechen.

Martin Wolters runzelte die Stirn. Was in aller Welt konnte nur passiert sein, dass Harry McCartney das Porto für einen Brief ausgab? Aber Martin Wolters war nicht der Mann, der sich allzu lange über unangenehme Dinge den Kopf zerbrach. Er überlegte nicht mehr, stand auf und brachte die restliche Mahlzeit in die Küche. Er nahm wahllos ein Buch aus dem Bücherschrank und las zwei Stunden. Um Viertel vor Acht ging er in sein Bad und Ankleidezimmer und kehrte ein paar Minuten darauf tadellos gewaschen und frisiert nach unten zurück.

Danach ging er im Zimmer auf und ab, legte die Hände auf den Rücken und hielt den Kopf auf die Brust gesenkt. Schließlich sah er auf die Uhr. Er hatte noch fünf Minuten Zeit.

Das genügte vollkommen, um den kurzen Weg, der ihn von der Wohnung Harry McCartneys trennte, zu Fuß zurückzulegen. Er hatte gerade Handschuhe und Spazierstock vom Tisch genommen, als es an der Tür klingelte.

Er öffnete und sah Erwin Müller. Das war allerdings der Letzte, den er zu dieser Zeit erwartet hätte. Der Journalist war in allerbester Stimmung und sah ihn triumphierend an.

»Kann ich Sie eine Minute sprechen, Herr Wolters?«

»Aber auch buchstäblich nur eine Minute. Ich habe nämlich eine sehr wichtige Verabredung. Aber – was führt Sie zu mir«, fragte Martin, als er die Tür hinter seinem Besucher schloss.

»Ich habe hier eine beglaubigte Abschrift von der Trauungsurkunde.«

Ein tiefes Schweigen trat ein. »Sie haben die Abschrift der Trauungsurkunde?«, wiederholte Martin Wolters dann ruhig. »Von welcher Trauung sprechen Sie eigentlich?«

»Es handelt sich um die Eheschließung von Harry McCartney und Daniela Schmidt. Tun Sie doch nicht so, als ob Sie von nichts wüssten, Mr. Wolters. Es hat keinen Zweck mehr, denn ich habe alles herausbekommen.«

»Und was wollen Sie nun unternehmen?«

»Ich werde sofort Mr. McCartney aufsuchen. Er muss mir die ganze Sache von Anfang bis zu Ende erzählen. Ich habe genug Material gesammelt, um eine große Geschichte zu schreiben, die mindestens eine Zeitungsseite einnimmt. Aber ich brauche von ihm noch die hauptsächlichsten Daten.«

Martin Wolters stieg schnell die Treppe zu seinem Schlafzimmer hinauf, und nach kaum vierzig Sekunden kam er mit schweren Schritten wieder die Treppe herunter. Erwin Müller hörte ihn, obgleich die Stufen mit einem dicken Läufer belegt waren.

»Es ist wahrscheinlich das Beste, was Sie unter diesen Umständen tun können«, sagte Martin Wolters, als er wieder im Wohnzimmer bei seinem Besucher angekommen war. »Aber Sie müssen sich Folgendes überlegen, Herr Müller: Harry McCartney ist ein ziemlich alter Herr und hat einen sehr sonderbaren Charakter. Es ist sehr leicht möglich, dass er Ihre Geschichte falsch auffasst. Ich will Sie gern zu seinem Haus begleiten, aber ich halte es für unbedingt notwendig, dass ich Mr. McCartney erst sehe und ihm erkläre, dass sein Geheimnis herausgekommen ist. Ich habe es natürlich längst gewusst. Aber meiner Meinung nach muss er auf den Schreck vorbereitet werden. Sie verstehen?«

»Selbstverständlich«, entgegnete Erwin angenehm berührt. »Ich kann mich auch in seine Lage versetzen und will dem alten Mann natürlich keinen unnötigen Schrecken einjagen. Es ist liebenswürdig von Ihnen, dass Sie ihn vorbereiten wollen.«

Die beiden gingen also zusammen zur Lessingstraße. Der Eingang zu der Wohnung lag neben einem Laden. Wolters öffnete die Tür mit seinem eigenen Schlüssel und ließ Erwin eintreten.

»Können Sie mir übrigens sagen, ob Frieda McCartney heute Abend zu Hause ist?«, fragte Martin.

»Darüber kann ich Sie genau informieren«, erklärte Erwin, stolz, dass er auch etwas wusste. »Sie ist heute Abend in ein Konzert gegangen.«

Er sagte allerdings nicht, dass er ihr die Eintrittskarte zugesandt hatte, denn das war seine eigene Angelegenheit.

»Ich danke Ihnen vielmals. Es ist vielleicht ganz gut, dass sie nicht zu Hause ist, denn ich fürchte, es wird eine kleine Auseinandersetzung geben, zum Mindesten eine unerfreuliche Szene. Wollen Sie einen Augenblick bitte hier unten warten, während ich zu Mr. McCartney hinaufgehe?«

Erwin nickte und wartete etwas länger als eine Minute, dann kam Martin Wolters wieder zu ihm herunter. Zu Erwins größtem Erstaunen schloss er die Tür.

»Ich weiß nicht, was ich davon halten soll«, sagte Martin Wolters. »McCartney schläft. Er legt sich allerdings häufig auf das Sofa, und gerade in letzter Zeit habe ich wahrgenommen, dass er gern ein kleines Schläfchen macht, aber es ist das erste Mal, dass er nicht aufgestanden ist, wenn ich ins Zimmer kam.«

Erwin sah ihn erstaunt an.

»Wir wollen noch zehn Minuten warten, dabei kann ich Ihnen ja die Rolle erklären, die ich bei der Angelegenheit gespielt habe. Sie dürfen nicht annehmen, dass ich Sie hätte hinters Licht führen wollen oder dass ich anderen Zeitungsberichterstattern mehr gesagt hätte. Ich interessiere mich im Allgemeinen nicht für Harry McCartneys Privatleben. Allerdings bin ich sein bester Freund. Ich will Ihnen auch nicht die Tatsache vorenthalten, dass diese besondere, ganze Heiratsgeschichte nur unternommen wurde, um andere Leute zu enttäuschen – ich meine –«.

»Sie meinen Frieda, seine Nichte – das ist mir vollkommen klar«, antwortete Erwin.

»Es geht mich natürlich nichts an, ob Frieda McCartney das große Vermögen erbt oder nicht«, fuhr Martin Wolters fort. »Darüber hat nur Harry McCartney selbst zu entscheiden. Ich interessiere mich für Frieda McCartney nicht weiter, allerdings finde ich sie sehr sympathisch und schätze ihren Charakter.«

»Wenn sich Verwandte nicht verstehen können, ist es viel besser, sich als Außenstehender vollkommen neutral zu verhalten.« »Ich bin ganz Ihrer Meinung«, pflichtete Erwin ihm bei.

»Glauben Sie, Herr Wolters, ich bin Ihnen dankbar, dass Sie so freundlich zu Frieda McCartney sind und ein paarmal versucht haben, die schweren Gegensätze zwischen ihr und ihrem Onkel auszugleichen.«

Sie gingen zum Ende der Lessingstraße. Martin Wolters war sehr nachdenklich, denn er wusste, dass sich noch vor Ende dieses Tages sein ganzes bisher so angenehmes Leben von Grund auf ändern würde. Er hasste schon immer jähen Wechsel, Veränderungen und Enthüllungen, und im Augenblick hasste er vor allem die Frau, die ihm mit Bleistift geschriebene Notizen sandte.

Sie unterzeichnete mit »Daniela McCartney«, und hinter der Unterschrift stand regelmäßig ein Ausrufungszeichen. Plötzlich kam ihm ein Gedanke, als beide an einer Telefonzelle vorbei kamen.

»Wollen Sie mich einen Augenblick entschuldigen, Herr Müller? Ich muss einmal telefonieren und habe mein Handy nicht dabei.«

Erwin nickte und schlenderte den Weg zurück, den sie gekommen waren. Während er an einer Straßenecke stehen blieb, konnte er die ganze Lessingstraße übersehen. Er sah zu der grünen Tür, die zu Harry McCartneys Wohnung führte. Schon oft hatte er sie gesehen, und oft träumte er davon, denn hier wohnte das Mädchen, das er liebte, Frieda. Erwin war wie Martin Wolters ein unverbesserlicher Träumer, aber plötzlich wurde er in die Wirklichkeit zurückgerufen.

Die grüne Tür öffnete sich, und eine Dame trat auf die Straße. Erwin wusste sofort, dass es auf keinen Fall

Frieda sein konnte. Diese Frau war größer und allem Anschein nach auch ein bisschen älter, außerdem schwarz gekleidet. Ein dichter, dunkler Schleier verbarg ihr Gesicht. Sie sah nach links und nach rechts, bog dann nach der entgegengesetzten Seite ab und ging schnell fort. Bevor sie um die Ecke verschwand, blieb sie noch einen Augenblick vor einem Briefkasten stehen.

Erwin sah deutlich, wie sie die Einwurfklappe hob.

»Das kann doch nicht die Haushälterin gewesen sein?«, dachte Erwin, drehte sich um und ging Martin Wolters entgegen.

»So, jetzt wollen wir zum Haus zurückkehren und einmal sehen, ob Harry McCartney inzwischen aufgewacht ist«, sagte Martin in bester Stimmung.

Erwin sah Martin von der Seite an. Von der Beobachtung eben, sagte er nichts. Der Gesichtsausdruck des Mannes passte nicht so recht zu dem heiteren Ton, in dem er eben gesprochen hatte. Seine Gedanken waren jedenfalls nicht bei der Unterhaltung.

»Ich möchte Sie etwas fragen, Mr. Wolters. Vielleicht können Sie mir Auskunft geben, ohne Ihren Freund Harry McCartney zu verraten«, meinte Erwin, als sie an der Haustür angekommen waren. »Wäre es möglich, dass ich Daniela McCartney heute einmal sehen und sprechen könnte?«

»Ach, Sie wollen wissen, wo sie wohnt?«, erwiderte Martin Wolters und sah ihn sonderbar an. »Die Frage kann ich Ihnen leider nicht beantworten, selbst wenn ich wollte. Sie ist jedenfalls irgendwo in Hamburg oder der näheren Umgebung.«

»Ich danke Ihnen«, entgegnete Erwin ironisch.

Martin Wolters nahm gerade seinen Schlüssel und wollte aufschließen, bemerkte aber zu seinem Erstaunen, dass die Tür nicht zugeschlossen war.

»Hallo, habe ich denn vorhin nicht zugeschlossen, als wir herauskamen?«

»Meiner Meinung nach haben Sie abgeschlossen«, entgegnete Erwin. »Aber wahrscheinlich hat die Dame die Tür aufgelassen.«

»Die Dame?«, fragte Wolters schnell. »Welche Dame meinen Sie denn?«

»Während Sie telefonierten, ging ich bis zur Ecke und sah zufällig eine Dame aus der Haustür kommen. Es sind seitdem erst ein paar Minuten vergangen.«

»Was, sie kam aus der Wohnung? Das ist ganz unmöglich.«

Martin stieß die Tür auf. »Das ist unglaublich. Die Haushälterin ist doch auch nicht zu Hause – die hat doch jeden Donnerstagabend frei. Und Frieda McCartney ist im Konzert – was für eine Dame soll denn das gewesen sein?«

»Sie war sehr groß und schlank. Die Haushälterin war es keinesfalls, dazu war sie viel zu gut gekleidet. Ihr Gesicht habe ich nicht gesehen, weil sie einen dichten Schleier trug.«

»Ich werde vorausgehen«, erwiderte Wolters und stieg die Treppe hinauf.

Das große Wohnzimmer, das nach der Straße hinaus lag, war noch ziemlich hell erleuchtet. Als sie eintraten, sahen Sie Harry McCartney, der auf dem Sofa lag und den Kopf von der Tür abgewandt hatte.

»Es tut mir leid, Mr. McCartney«, begann Martin Wolters, »aber Herr Müller hat erfahren, dass Sie verheiratet sind.«

Der Millionär antwortete nicht, und Martin Wolters ging zu dem Fenster, unter dem das Sofa stand. Er beugte sich über seinen Freund, um ihm ins Gesicht zu sehen.

»Um Himmels willen«, rief Martin plötzlich atemlos.

Mit ein paar Schritten stand Erwin an seiner Seite und erkannte sofort, was geschehen war. Harry McCartney war tot. Sein Gesicht sah aschgrau aus, seine Augen waren sehr weit geöffnet, und die Hände wie im Krampf zusammengeballt.

»Holen Sie schnell einen Arzt, Herr Müller«, sagte Martin Wolters. »Das ist ja entsetzlich – furchtbar.«

Erwin hatte sofort viele Einzelheiten im Zimmer überblickt, als Detektiv war er gewohnt, sich schnell zu orientieren. Er sah das Likörglas, das auf dem Boden neben dem Sofa stand, und zog seine Schlussfolgerung daraus. Kaum hatte Martin Wolters mit ihm gesprochen, so eilte er auch schon die Treppe hinunter und stand gleich darauf auf der Straße.

Glücklicherweise hatten mehrere Ärzte hier in der Nähe ihre Praxis. Als Erwin die Straße entlang eilte, traf er einen Polizisten, der ihm den nächsten Arzt zeigte. Mit dem Beamten und dem Arzt zusammen kehrte Erwin zur Wohnung zurück und fand Martin Wolters unten an der Tür. Die Untersuchung des Arztes dauerte nicht lange und die Polizei ist auch verständigt.

»Zweifellos ist der alte Herr tot – war er krank?«, fragte der Arzt.

Martin Wolters schüttelte den Kopf.

»Soweit ich unterrichtet bin, ist er nicht krank gewesen, ich habe allerdings in letzter Zeit eine Depression bei ihm bemerkt.«

Der Arzt beugte sich über den Verstorbenen und roch an den Lippen.

»Das ist allerdings seltsam«, sagte er und sah sich um.

Dann bückte er sich, nahm das kleine Likörglas vom Boden auf und roch ebenfalls daran.

»Das ist Kognak, und wenn nicht auch Blausäure darin gewesen ist, müsste ich mich sehr irren.«

Er wandte sich an den Polizisten.

»Das müssen Sie sofort Ihren Vorgesetzten melden.«

»Blausäure«, wiederholte Martin Wolters bestürzt. »Sie wollen doch nicht etwa sagen —«.

»Es handelt sich hier sicher um Selbstmord«, erklärte der Arzt. »Es ist ja möglich, dass ich mich täusche, aber der Geruch der Blausäure ist unverkennbar.«

»Das ist doch ganz unglaublich«, rief Martin Wolters verwirrt, »das glaube ich jetzt nicht.«

Zwanzig Minuten darauf erschien Hauptkommissar Thalheimer von der Mordkommission Hamburg Mitte. Es war ein günstiger Zufall, dass diesem Beamten die

Bearbeitung des Falles anvertraut wurde, denn er war der einzige Mann in der Mordkommission, den Erwin Müller schon ein paar Jahre kannte. Der Kommissar hob die Augenbrauen, als er Erwin sah:

»Nanu, Herr Müller, das ist ja eine Überraschung Sie hier zu sehen und dass Sie schon vor mir zur Stelle sind. Es sind jetzt ungefähr drei Jahre her, als wir den letzten Fall aufgeklärt haben. Übrigens, Sie haben ein bisschen zugenommen.« »Worum handelt es sich denn diesmal?«

Erwin grinste den Kommissar an und erwiderte:

»Hallo Herr Thalheimer, schön Sie zu sehen. Gut sehen Sie aus.«

»Ich bin von meiner Direktion hierher beordert worden«, sprach Erwin Müller weiter, »weil der Verdacht besteht, dass hier etwas nicht mit rechten Dingen zugeht und sich ein Zusammenhang mit dem letzten Fall herauskristallisiert hat.«

»Aha«, antwortete Kommissar Thalheimer, »dann erzählen Sie mal.«

Erwin zog den Kommissar ein bisschen zur Seite. In kurzen Stichworten schilderte er die jetzige Sachlage sowie die vorangegangenen Ereignisse.

»Ok, ich bin im Bilde«, bedankte sich Thalheimer, »Die Spurensicherung ist auch schon hier.«

Der Kommissar sah zuerst auf den Toten, dann auf Martin Wolters, der mit kurzen Worten erklärte, was vorgefallen war.

»Hat es denn irgendeine Aufregung vorher gegeben? Es ist doch wohl nicht anzunehmen, dass der reiche Harry McCartney Sorgen hatte.«

»Nein, es hat sich nichts Außergewöhnliches ereignet. Natürlich muss ich zugeben, dass eine sehr starke Spannung zwischen ihm und seiner Nichte Frieda bestand, aber daran war der alte Herr allein schuld. Ich muss sagen, er war unausstehlich zu ihr. Eigentlich ist es ja kaum notwendig, dieses Zerwürfnis zu erwähnen, aber ich weiß, dass in einem solchen Falle alles gesagt werden muss.«, erklärte Erwin dem Kommissar.

»Da haben Sie vollkommen recht«, erwiderte Kommissar Thalheimer. »Wo ist denn die Nichte, die einen Streit mit ihm hatte?«

»Aber hören Sie –«, unterbrach Erwin sofort die Unterhaltung. »Sie wollen doch nicht etwa behaupten, dass die Unstimmigkeiten zwischen den beiden irgendwelche Bedeutung hatten? Frieda McCartney hatte doch gar nichts gegen ihren Onkel, Mr. Wolters, das müssen Sie doch auch zugeben Herr Wolters.«

Wieder zögerte Martin Wolters.

»Die Sache war nur einseitig und ging von Harry McCartney aus, obwohl er gar keinen Grund hatte, sich über seine Nichte zu ärgern. Das habe ich ja vorher auch schon festgestellt. Er hat das junge Mädchen derartig gegen sich aufgebracht, dass man es überhaupt nicht verstehen kann. Es war ja menschlich erklärlich, dass sie sich darüber aufregte. Sie werden das begreifen«, wandte sich Martin Wolters an den Hauptkommissar. »Harry McCartney ist sehr reich, und Frieda McCartney ist seine Universalerbin. Mein Freund machte sich einen Scherz daraus, das Mädchen aufzuziehen. Er sagte immer, sie würde seinen Tod herbeisehnen, damit sie sein

Geld erben könne. Und wenn man die Sache menschlich betrachtet, wird man auch verstehen, dass es ihr hin und wieder zu viel wurde und dass sie ihm deswegen ihre Meinung sagte. Noch vor ein paar Tagen hat sie erklärt, sie wünschte tatsächlich, dass er tot wäre und all sein Geld mit sich nehmen würde. Ich glaube aber, nachher hat es ihr leidgetan, dass sie sich so gehen ließ.«

»Ich verstehe«, entgegnete Kommissar Thalheimer nachdenklich. »Ist die Dame im Haus?«

»Nein, sie ist in einem Konzert in der Stadthalle, wenn Sie es wünschen, werde ich sie holen«, erbot sich Erwin, sagte dem Kommissar aber nicht, dass er ein Techtelmechtel mit Frieda begonnen hat.

»Das wäre mir sehr lieb«, sagte Kommissar Thalheimer. »Es ist natürlich haarsträubend, dass der Name von Frieda McCartney in dem Zusammenhang überhaupt erwähnt wird«, erwiderte Erwin gereizt. »Es ist wahr, dass der alte Mann ihr das Leben schwermachte, wie Mr. Wolters sagte, aber es ist wahr, dass sie auf keinen Fall seine Erbin wird. Wenigstens würde es mich sehr überraschen, wenn er ein Testament zu ihren Gunsten gemacht hätte. Harry McCartney war nämlich verheiratet.«

»Das ist mir aber neu, dass sich der alte Millionär hat trauen lassen«, sagte Kommissar Thalheimer.

»Wo ist denn seine Frau?«

Erwin schüttelte den Kopf, »Da müssen Sie Mr. Wolters fragen«, entgegnete er und verließ dann ärgerlich das Zimmer.

***

7

Erwin fiel es nicht schwer, Frieda im Konzertsaal zu finden. In einer Pause trat er kurz entschlossen auf sie zu und nahm sie mit nach draußen. So schonend wie möglich brachte er ihr die Nachricht bei, und doch schien es ein furchtbarer Schlag für sie zu sein. Sie schrak zusammen, und er dachte schon, dass sie ohnmächtig werden würde. Aber sie überwand schnell die kurze Schwäche.

»Das ist ja furchtbar«, sagte Frieda. »Mein armer, armer Onkel. Aber Erwin, unmöglich ist es Selbstmord gewesen. Dazu kenne ich ihn viel zu gut.«

»Sagen Sie mir wenigstens das eine, Liebe Frieda«, erwiderte Erwin sanft. »Haben Sie sich in letzter Zeit mit Ihrem Onkel gezankt?«

Sie sah ihn erstaunt an.

»Gezankt? Ja, ich hatte vor ein paar Tagen einen kleinen Streit mit ihm.«

Sie zitterte und bedeckte das Gesicht mit den Händen.

»Ach, ich habe so entsetzliche Dinge gesagt – ich schäme mich so sehr.«

Erwin nahm vorsichtig ihre Hände vom Gesicht, »erzählen Sie mir, was Sie ihm gesagt haben, Frieda.«

»Haben Sie tatsächlich gesagt, Sie wünschten, dass er tot wäre?«

Die Tränen waren ihr nahe, sodass sie nicht sprechen konnte. Sie schluchzte nur.

»Dann hat Wolters also doch die Wahrheit gesagt.«

Sie erfasste sofort die Bedeutung seiner Worte.

»Hat man der Polizei denn gesagt, dass ich mich mit ihm gestritten habe? Man glaubt doch nicht etwa – dass ich – es getan habe?«, fragte Frieda erschrocken.

Erwin sah sie verstört an, als sie das sagte.

»Um Himmels willen, nein«, antwortete er.

Aber dann blieb er plötzlich stehen. Er hatte zu genaue Kenntnis von den Methoden der Polizei, als dass er sich falschen Hoffnungen hingab. Ein Beamter würde ohne nachzudenken und ohne Weiteres eine Schuld für Frieda zusammenkonstruieren können.

»Ich habe niemals gedacht –«, begann Erwin, »ach, die Sache ist einfach zu dumm, als dass man darüber nachdenkt.«

Und doch fühlte er sich beunruhigt, als er an der Seite des jungen Mädchens zur Wohnung zurückkehrte. Diese Polizeibeamten konnten rücksichtslos sein und wollten vor allem Erfolg haben. Sie mussten einen Schuldigen finden. Wie leicht war es möglich, dass Thalheimer ihr bei dem Verhör zu nahetrat und sie kränkte. Er kannte diese Verhöre nur zu genau, er hatte die Aufklärung solcher Mordfälle schon mehrmals mitgemacht, und er ließ sich nicht täuschen. Es würde gar nicht leicht für Frieda sein, sich von dem Verdacht zu befreien, obwohl es seiner Meinung nach geradezu Wahnsinn war, Frieda McCartney mit dem Tod ihres Onkels in Verbindung zu bringen.

Als sie die Wohnung erreichten, war der Tote auf Veranlassung des Hauptkommissars schon fortgeschafft worden. Auch der Doktor hatte sich entfernt. Nur Martin Wolters und Kommissar Thalheimer waren hier zurückgeblieben. Frieda McCartney war bleich, als sie ins Zimmer trat, und Thalheimer maß sie mit einem Blick von Kopf bis Fuß.

»Das ist Frieda McCartney«, erklärte Martin Wolters.

»Ich habe Sie holen lassen«, wandte sich der Kommissar an Frieda, »weil Sie die einzige Verwandte des Verstorbenen sind – wenigstens die einzige Verwandte in Deutschland. Seine Frau – Sie wussten doch, dass er verheiratet war?, – lebt, soviel mir Mr. Wolters erzählte, in Paris. Er war mit beiden Ehegatten gut bekannt. Wenn Sie nichts dagegen haben, möchte ich ein paar Fragen an Sie richten.«

Erwin schob einen Stuhl zurecht, und Frieda setzte sich.

»War Ihr Onkel in der letzten Zeit aufgeregt?«

»Nein«, entgegnete sie schnell.

»Haben Sie eine Depression an ihm bemerkt?«

»Nein, das könnte ich jetzt nicht behaupten. Er war allerdings niemals in guter Stimmung«, sagte sie und lächelte schwach.

»Ja, das habe ich auch gehört. Aber hat er in Ihrer Gegenwart einmal etwas davon gesagt, dass er sich das Leben nehmen wollte? Oder hat er irgendeine andere

Bemerkung gemacht, die darauf schließen ließe, dass er sich mit solchen Gedanken trug? Denken Sie einmal genau nach. Es wäre wichtig, selbst wenn er es nur im Scherz geäußert hätte.«

»Das hat er nie getan, und das wäre auch das letzte, woran ich denken könnte.«

»Hatte er denn Verluste in der letzten Zeit?«

»Nein. Soweit ich weiß, ist mein Onkel sehr reich, und es würde schon viel dazugehören, dass er das ganze große Vermögen, das er während seines langen Lebens angesammelt hat, verlieren könnte.«

»Kennen Sie dieses Glas?«

Der Kommissar hielt den kleinen Likörkelch in die Höhe, in dem sich noch ein Rest Kognak befand.

»Ja«, antwortete Frieda.

»Ist es das Glas, das Sie gewöhnlich für Ihren Onkel füllten?«

»Ja. Ich goss jeden Abend zwei Gläser für meinen Onkel ein. Dort steht auch das andere.«

Sie zeigte auf das Büfett. »Es ist noch voll.«

»Das habe ich auch schon bemerkt. Können Sie mir dies erklären, Miss McCartney?«

»Ihr Onkel hatte die Gewohnheit, immer für Mr. Wolters ein Glas einschenken zu lassen, wenn er seinen Besuch erwartete. Hat er das auch bei anderen Leuten getan, die zu ihm kamen?«

»Ja. Wir hatten allerdings nur selten Besuch.«

»Trank Ihr Onkel immer aus demselben Glas, zum Beispiel aus dem, das dem Fenster am nächsten stand? Oder nahm er mal das eine, und mal das andere?« »Mr.

Wolters kann Ihnen darüber mehr erzählen«, erwiderte Frieda. »Ich war meistens nicht dabei, wenn er das Glas austrank.«

»Aber Sie wussten jedenfalls, welches der beiden Gläser Ihr Onkel nahm und welches für den Gast bestimmt war?«

»Ja, ich glaube schon.«

Plötzlich erhob sie sich von ihrem Stuhl.

»Was wollen Sie denn eigentlich mit all dem sagen?«, fragte Frieda.

»Ich will gar nichts damit sagen, ich will nur die Wahrheit herausfinden. Seien Sie ruhig, Erwin.«

Der Kommissar hob die Hand, um den Protest seines Bekannten gar nicht zum Ausdruck kommen zu lassen.

»Sie interessieren sich ganz besonders für diesen Fall, weil Sie ein Freund von Miss McCartney sind. Das verstehe ich sehr gut. Aber Sie wissen auch, Erwin, dass ich hier meine Pflicht erfüllen muss. Daran lässt sich nichts ändern.«

»Aber die Vermutung, die aus Ihren Worten spricht, ist einfach entsetzlich«, erwiderte Erwin aufgebracht.

»Es ist doch vollständig ausgeschlossen, dass Sie –«.

»Ich sagte schon vorher, dass ich keine vorgefassten Meinungen habe«, erklärte Kommissar Thalheimer ruhig. »Ich stelle nur einige wichtige Fragen an Miss McCartney. Sie hatten also einen Streit mit Ihrem Onkel?«

»Vor ein paar Tagen noch hatte ich eine kleine Auseinandersetzung mit ihm«, entgegnete sie und sah Martin an. »Später erzählte ich es diesem Herrn.«

Martin Wolters nickte bedächtig.

»Ja, das stimmt. Ich habe es ja bereits erwähnt und auch gesagt, wie die Verhältnisse hier im Haus lagen und wie unangenehm Ihr Onkel manchmal zu Ihnen sein konnte.«

»Heute abend sind Sie in ein Konzert gegangen. Haben Sie vorher noch die beiden Gläser eingeschenkt?«

»Ja.«

»Sie wussten, dass Martin Wolters kommen würde?«

»Ja, das hat mir mein Onkel gesagt«, begann Frieda, »er erwähnte auch, dass er eine wichtige Sache mit ihm zu besprechen hätte. Als ich ihm erzählte, dass ich ins Konzert ginge, schien er sehr damit einverstanden zu sein. Ja, er sagte sogar, dass es ihm lieb sei, wenn ich das Haus recht bald verließe.«

»Wann begann denn das Konzert?«, wollte der Kommissar wissen.

»Um halb acht.«

»Und soviel ich weiß, wollte er Mr. Wolters um acht Uhr treffen. Dann haben Sie wohl um Viertel nach sieben das Haus verlassen, Frieda, oder?«

Frieda schüttelte energisch den Kopf.

»Nein nein, er bat mich merkwürdigerweise, schon um halb sieben zu gehen.«

»Hat er Ihnen sonst noch etwas gesagt?«

»Ja, er gab mir den Auftrag, Schreibmaterial auf den Tisch zu legen. Dort ist es auch noch.« Sie zeigte auf einen Block Schreibpapier und einen Bleistift.

Kommissar Thalheimer machte ein paar Notizen und wandte sich dann an Martin Wolters.

»Sie haben mir vorhin gesagt, Herr Wolter, dass Daniela McCartney in Paris lebt. Hat sie sich nach ihrer Trauung immer dort aufgehalten?«

»Ja, soweit ich informiert bin.«

»Standen Sie mit ihr in Verbindung?«

Martin zögerte einen Augenblick.

»Ich brauche schließlich kein Geheimnis daraus zu machen«, meinte Martin dann. »Ja, ich stand mit ihr in Kontakt per Briefwechsel und wir haben telefoniert.. Harry McCartney heiratete diese Dame, aber gleich nach der Trauung trennten sie sich. Ich hatte von ihm den Auftrag erhalten, ihr monatlich eine gewisse Summe zu zahlen, und ich muss sagen, dass Harry McCartney in der Beziehung sehr großzügig war.«

»Haben Sie die Dame selbst gesehen?«, fragte Kommissar Thalheimer weiter.

»Ja, einmal. Sie fuhr nach Deutschland und blieb kurze Zeit hier, aber merkwürdigerweise kam sie nicht mit ihrem Mann zusammen.«

Der Kommissar nickte.

»Ich möchte diese Frau gern sprechen«, war seine Antwort, »schicken Sie der Dame eine Nachricht, oder rufen sie sie an und sobald sie hier in Hamburg ankommt, verständigen Sie mich bitte.«

Kommissar Thalheimer schlug sein Notizbuch zu und steckte es in die Tasche. »Soweit ich den Fall bis jetzt beurteilen kann, sieht es so aus, als ob sich Harry McCartney selbst das Leben genommen habe. Aber ich muss die Sache doch noch eingehender untersuchen, um bei der Totenschau genauere Angaben machen zu können.«

Kommissar Thalheimer sah Frieda freundlich an.

»Wo kann ich Sie erreichen, Miss McCartney, wenn ich mich mit Ihnen in Verbindung setzen will?«

Sie schüttelte hilflos den Kopf.

»Das kann ich Ihnen noch nicht sagen.«

»Haben Sie keine Freunde in Hamburg?«

Sie sah Erwin an.

»Ich habe keine Freundinnen, aber vielleicht kann Herr Müller mir helfen. Ich glaube, ich gehe am besten in ein Hotel.«

»Ganz richtig«, mischte sich Erwin sofort ein. »Kommen Sie doch zu meinem Hotel mit. Es wohnen ein paar Amerikanerinnen dort, die sich sicherlich gern Ihrer annehmen werden. Sie kennen doch das Hotel Madison? »Herr Kommissar, unter dieser Adresse können Sie Miss McCartney erreichen«, sagte Erwin, als er Thalheimer einen Prospekt überreichte.

»Dann wäre ja alles in Ordnung«, erklärte dieser beruhigt. »Also, Erwin, begleiten Sie die Dame zum Hotel und kommen Sie dann wieder hierher zurück. Ich werde zunächst einmal die Mordkommission Mitte telefonisch benachrichtigen. Wenn Sie zurückkommen, treffen Sie mich wieder hier an.«

Als Erwin wieder zurückkam, fand er Kommissar Thalheimer allein im Haus. Martin Wolters war in heller Aufregung fortgegangen, um sich angeblich mit Paris in Verbindung zu setzen.

»Also, Erwin«, begann Thalheimer, »das ist ja ein sonderbarer Fall.«

»Ja, in mancher Beziehung«, sagte Erwin, »haben Sie etwa die junge Dame in Verdacht?«

Der Kommissar lächelte angespannt.

»Ich hatte schon viele Leute in Verdacht, die noch viel weniger mit einem Verbrechen in Verbindung zu stehen schienen. Ich weiß wohl, Erwin, die Sache ist für Sie sehr schwer, aber ich fürchte –«.

»Ich liebe Frieda McCartney«, erklärte Erwin mit aller Bestimmtheit. »Sie bedeutet für mich alles.«

»Das dachte ich mir. In mancher Beziehung sieht es böse für sie aus, andererseits glaube ich nicht, dass sie etwas damit zu tun hat. Verwandte streiten sich fast jeden Tag, ohne dass sie sich gegenseitig die Kehle durchschneiden. Wenn dies aber ein Mord sein sollte, dann ist er sehr kaltblütig überlegt und ausgeführt worden. Es wäre die Tat eines Menschen mit einem verbrecherischen Charakter. Und Mörder sind im Allgemeinen keine Verbrecher.«

Erwin lächelte erstaunt.

»Glauben Sie mir das vielleicht nicht?«, fragte der Kommissar.

»Ich musste eben an mein großes Werk denken, antwortete Erwin, bei dessen Abfassung ich vor ein paar Tagen unterbrochen wurde. Ich habe darin nahezu dieselben Worte gebraucht, die Sie eben äußerten. Nein, ich bin vollkommen mit Ihnen einverstanden, wenn Sie sagen, dass Mörder eigentlich keine Verbrecher sind. Ich gebe Ihnen auch recht, wenn sie annehmen, dass dies kein zufälliger Mord war, der im Affekt geschehen ist. Ein Mensch, der in der Erregung einen anderen niederschießt, bereut seine Tat, wenn er wieder ruhiger geworden ist. Aber wie kommen Sie darauf, dass es sich hier um einen Mord handelt?«

Kommissar Thalheimer sah Erwin neugierig an.

»Erwin, sagen Sie doch selbst einmal offen, kann dies ein Selbstmord sein? Sie kennen Kriminalfälle doch ebenso gut wie ich. Ich nehme an, dass Sie schon mindestens ein Dutzend in Ihrer Detektivarbeit bearbeitet haben, und sicher an die fünfzig Selbstmorde. Ich frage Sie jetzt nach Ihrem objektiven Urteil – kann dies ein Selbstmord sein?«

Erwin schwieg bedächtig.

»Sicher ist die Sache ungewöhnlich und seltsam«, gab er schließlich zu. »Das Sonderbarste an dem Fall ist der Umstand, dass der alte Mann allein sein wollte, und zwar noch anderthalb Stunden vor Wolters Ankunft. Ja, warum ...? Jetzt fällt es mir ein. Er wollte natürlich die andere Frau treffen.«

»Was soll das heißen?«, fragte der Kommissar.

»Passen Sie auf«, entgegnete Erwin schnell.

»Nachdem Martin Wolters hier die Wohnung betreten und Harry McCartney schlafend gefunden hatte, gingen wir, Wolters und ich, noch kurze Zeit auf die Straße.

Während er telefonierte, beobachtete ich den Eingang des Hauses und sah, dass eine Dame aus der Tür kam. Sie war ziemlich elegant gekleidet und hatte eine außergewöhnlich graziöse Haltung. Ihr Gesicht konnte ich nicht sehen, da sie dicht verschleiert war. Das fiel mir gleich auf, denn hier in Deutschland tragen selbst Leute in Trauer keine dichten Schleier.«

»Wie lange hat sie denn hier draußen vor der Tür gestanden?«

»Sie zögerte nur kurz, dann wandte sie sich um und ging zum Lessing Platz hinunter. Nachher verlor ich sie aus den Augen.«

»Hat sonst noch jemand die Dame gesehen?«

»Nein. Martin Wolters war in einen Laden gegangen, um zu telefonieren. Aber als er herauskam, sagte ich es ihm, und als Bestätigung meiner Beobachtung fanden wir, dass die Tür nur angelehnt war.«

»Das ist allerdings wichtig. Ich wünschte, Sie hätten mir das schon vorher gesagt. Sind Sie sich Ihrer Sache auch vollkommen sicher?«

»Ja.«

Kommissar Thalheimer ging im Zimmer auf und ab. Die Hände hatte er in den Taschen vergraben.

»Schalten Sie mal bitte alle Lampen an Erwin. Wir wollen nachschauen, ob wir hier im Zimmer etwas finden können.« Zunächst untersuchten sie den Fußboden, dann schoben sie Sofa und Büfett von der Wand. Aber sie fanden keinen Anhaltspunkt für den plötzlichen und geheimnisvollen Tod Harry McCartneys.

»Dort geht es zum Schlafzimmer«, sagte der Kommissar und zeigte auf eine Tür, die hinter dem Kopfende des Sofas lag. »Ich habe zunächst einmal eine oberflächliche kurze Untersuchung des Raumes vorgenommen, aber nichts entdecken können.«

»Haben Sie in der Garderobe des Toten nichts gefunden?«, fragte Erwin.

»Nichts, was der Mühe wert gewesen wäre«, entgegnete Thalheimer.

»Hat das Papier denn nichts zu sagen?«, fragte Erwin, zeigte auf einen größeren Zettel, der halb in der Rücklehne des Sofas steckte, und zog ihn heraus. Das Papier war mit Bleistift beschrieben.

»Sehen Sie, das stammt von dem Schreibblock, den Miss Frieda auf den Tisch legte.

Wahrscheinlich hat er auf dem Block immer seine Notizen gemacht.«

Der Kommissar faltete das Papier auseinander, strich es glatt und hielt es an die Lampe.

»Kennen Sie McCartneys Handschrift?«

»Ja, ich habe seine Schriftzüge häufig gesehen. Er hat mir sogar die Geschichten, die von ihm handelten, kurz notiert.«

Erwin sah über Thalheimers Schulter und las:

»New York, 30. April.«

Darunter stand »1000«, das war ausgestrichen und »3000« darübergeschrieben. Dann kamen noch einige Worte: »Eingeschriebener Brief zu Händen des Bewohners.« Darunter:

»Bank von Australien 24. Juni, 25. September usw.« Es folgten noch ein paar Zahlen, die ebenfalls ausgestrichen waren. Und zum Schluss war zu lesen: »Gift.«

»Können Sie etwas daraus entnehmen, Erwin? Die Sache sieht immer sonderbarer aus.«

Der Kommissar nahm den Schreibblock, der auf dem Tisch lag, und trug ihn auch zum Fenster.

»Der Zettel ist heute geschrieben worden. Sehen Sie doch einmal die Spuren im Papier, die durch den Druck des Bleistifts entstanden sind. Das ist drüben auf dem Tisch geschrieben worden, bevor die Dame ging und Wolters kam. Das ist allerdings eine sehr wichtige Entdeckung. Was sagen Sie dazu, Erwin?«

»Er muss mit jemand gesprochen haben – wahrscheinlich mit der Dame, die ich beobachtete. Ich weiß, dass der alte McCartney so ähnliche Notizen machte«, erwiderte Erwin aufgeregt.

»Könnten sich diese Angaben auch auf seine Aktien Geschäfte beziehen?«

Erwin schüttelte den Kopf.

»Es sieht so aus, als ob er sich diese Notizen machte, um sie später zu benutzen.«

Kommissar Thalheimer faltete das Papier zusammen und steckte es in seine Tasche.

»Nun wollen wir uns einmal die Likörgläser ansehen.«

Er trug den kleinen Kelch wieder ans Licht und hielt ihn vorsichtig zwischen zwei Fingerspitzen am Stiel.

»Hoffentlich können wir ein paar Fingerabdrücke daran feststellen, aber das wird uns auch nicht viel helfen, denn es werden wahrscheinlich die Fingerabdrücke von Frieda McCartney sein, die die Gläser füllte. Können Sie sonst noch etwas daran entdecken?«

»Ja«, sagte Erwin nachdenklich. »Jemand hat aus dem anderen Glas getrunken.«

»Das glaube ich auch», meinte der Kommissar. »Jemand hat daran genippt, man kann es deutlich am oberen Rand sehen. Die Unterlippe hat sich auf dem geschliffenen Kristall markiert. Ich möchte jetzt das Verbrechen einmal rekonstruieren, so gut es geht: Der alte Mann hat einen Besuch empfangen, und dieser Besuch war ihm so wichtig, oder er hatte derartig geheime Dinge zu besprechen, dass er seine Nichte Frieda fortschickte, bevor die betreffende Person kam. Die beiden haben sich dann eine Zeit lang unterhalten, und aus Gründen, die nur der Täter oder die Täterin bekannt sein können, wurde das Gift in das Glas Mr. McCartneys gegossen und es ihm gereicht. Und daraufhin ist er gestorben.«

»Ihre Theorie ist ganz gut«, antwortete Erwin, »nur in einem Punkt stimmt sie nicht. Wir müssen erst noch ein paar andere Fragen klären. Wie lange dauerte es, bis das Gift den Tod herbeiführte?«

»Ich habe den Arzt danach gefragt. Er sagte, dass vier Sekunden bei einer Vergiftung mit Blausäure genügten. Wenn die andere Annahme richtig ist, saß der Alte am Schreibtisch und schrieb. Man kann kaum annehmen, dass er während einer wichtigen Unterhaltung mit einer Dame auf dem Sofa lag.«

»Daher müsste man auch vermuten, dass er sofort auf den Fußboden niederstürzte, nachdem er das Gift getrunken hatte. Dem widersprechen aber die Tatsachen. Wir haben ihn nicht auf dem Boden gefunden, sondern auf dem Sofa.« »Da haben Sie recht«, ergänzte der Kommissar. »Aber es wäre doch möglich gewesen, dass er auf dem Sofa gelegen hätte, als sie ihm das Glas reichte – und das Glas stand doch am Kopfende des Sofas.«

»Dann kann ich es mir nicht anders erklären, als das der Besucher sehr gut mit Harry McCartney bekannt und vertraut war«, meinte Erwin.

»Als Sie mit Frieda McCartney zum Hotel gingen, wusste ich noch nichts von diesem geheimnisvollen Damenbesuch. Ich stellte ein paar Nachforschungen an und gewann daraus den Eindruck, dass zwischen halb sieben und zehn Minuten nach acht niemand hier im Haus gewesen ist. Zu diesem Zeitpunkt kamen Sie doch mit Martin Wolters hierher?«, folgerte der Kommissar.

Erwin nickte, »aber Sie können doch die Anwesenheit der Dame nicht außer Acht lassen.«

Ein anderer Beamter der Mordkommission Hamburg Mitte kam in diesem Augenblick und brachte die nötigen Akten.

»Ich will erst noch einmal die ganze Wohnung durchsuchen«, sagte der Hauptkommissar und ging durch die fünf Zimmer, die McCartney und seine Nichte bewohnt hatten. Auf der Schwelle des letzten Raumes blieb er stehen – es war Friedas Zimmer.

»Ich muss auch dieses Zimmer durchsuchen«, sagte der Kommissar.

Erwin nickte.

Für Erwin war es nahezu ein Verbrechen, dass ein Polizist dieses Allerheiligste durchsuchen wollte, aber er wusste, dass ein Protest keinen Zweck hatte.

Kommissar Thalheimer beendete seine Untersuchung schnell. Schließlich kam er noch zu dem kleinen Schreibtisch, in dem Frieda ein paar Schmuckstücke aufbewahrte.

Unter einem Haufen von Taschentüchern fand er einen kleinen Kasten aus Zedernholz, in dem ein Fläschchen mit einer farblosen Flüssigkeit lag.

»Was ist denn das?«, fragte er erschrocken.

Er nahm den Korken ab, roch daran und sah dann verstört Erwin an.

»Verdammt.«

»Was ist denn los?«, fragte Erwin.

»Das kann nichts anderes als Blausäure sein – es riecht nach bitteren Mandeln.«

Der Kommissar prüfte es noch einmal.

»Das müssen wir untersuchen lassen. Und wenn dieses Fläschchen tatsächlich Blausäure enthält, Erwin, dann bleibt mir nichts anderes übrig, als Frieda McCartney heute Abend noch zu verhaften.«

Peng das hat gesessen, Erwin wurde rot im Gesicht und sagte:

»Das ist alles eine Sache der Polizei, Herr Kommissar. Ich als Detektiv liefere Ihnen lediglich die einzelnen Puzzleteile, die Sie dann zu einem vollständigen Bild zusammenfügen können, und Sie wissen selbst, jedes Puzzle hat mal mehr oder weniger Teile. Mühsam wird es erst, wenn ein Teil fehlen sollte und ich glaube wir haben jetzt solch ein Puzzle.

»Sie haben gut reden, Müller, dann suchen Sie weiter.«

»Und bevor ich es vergesse, wo ist eigentlich Ihr Kollege Wolfgang Schröder, der könnte Ihnen doch helfen, oder?«

»Der ist mit seiner Familie in Urlaub, irgendwo an der Nordsee«, kam es locker von Erwins Lippen.

»Dann holen Sie ihn doch aus dem Urlaub zurück«, scherzte der Kommissar.

»Scherz beiseite«, fuhr Thalheimer fort, »Lassen sie uns weitermachen.«

»Und noch eins Herr Müller, halten Sie sich aus unseren polizeilichen Ermittlungen raus und kümmern Sie sich um Ihren Auftrag. Gerne können wir weiterhin gemeinsam versuchen diesen brisanten Fall zu klären, Sie auf Ihre Weise und ich auf meine. Ihre Freundin Frieda in Ehren aber ich mache meinen Dienst nach Vorschrift und da kann ich mir sentimentale Gefühle nicht erlauben, denn nichts trügt mehr als der Schein.«

»Es ist alles ok., Herr Kommissar, ich habe es verstanden«, sagte Erwin und ging.

***

8

Es war zwei Uhr morgens, als Martin Wolters zur Haustür ging, weil es im Flur heftig klingelte.

Als er verschlafen öffnete, stand Erwin Müller vor ihm, der sehr elend aussah.

»Treten Sie näher. Was ist denn geschehen? Sie sehen ja aus, als ob es Ihnen ziemlich schlecht geht.«

»Sie haben sie verhaftet«, erwiderte Erwin heiser. »Ist das nicht furchtbar?«

»Wen haben sie verhaftet?«

»Wen?«, »Frieda McCartney. Und nur Sie allein sind daran schuld. Warum mussten Sie auch Kommissar Thalheimer sagen, dass die beiden miteinander gestritten haben? Warum wollten Sie denn Frieda McCartney in Unannehmlichkeiten bringen?«

»Sie sind ja ganz von Sinnen und so aufgeregt, dass Sie nicht mehr klar denken können. Hier, trinken Sie ein Glas Wein Erwin.«, sagte Martin Wolters sehr erregt.

»Nein, danke.« Erwin schob das Glas beiseite.

»Ich will Ihren Wein nicht, ich will auch nicht, dass Sie mich beruhigen, Wolters. Ich weiß sehr wohl, was hier vorgegangen ist, ich sehe vollkommen klar. In meinem Beruf haben wir keinen Respekt vor der Ehrbarkeit irgendwelcher Leute. Obwohl Sie immer taten, als ob Sie uninteressiert wären, wissen Sie etwas, und ich gehe nicht eher, als bis Sie es mir gesagt haben. Wer war diese Frau?«

»Ich weiß ja noch gar nicht, von welcher Frau Sie sprechen«, entgegnete Martin Wolters geduldig. »Aber ich glaube, dass Sie die Dame meinen, die Sie aus der Wohnung kommen sahen. Übrigens haben nur Sie die Frau gesehen.«

»Aber die Tür war offen, das können Sie doch nicht abstreiten«, erwiderte Erwin.

Einen Augenblick stutzte Martin Wolters.

»Das stimmt allerdings«, sagte er dann, »daran hatte ich nicht gedacht. Niemand hat die Tür aufgelassen, und ich kann mir nicht denken, dass ich es gewesen sein sollte.«

»Nein, Sie haben sie wieder zugeschlossen, das habe ich deutlich gesehen. Übrigens habe ich auch das Schloss genau untersucht, bevor ich am Abend das Haus verließ. Es ist ein Sicherheitsschloss. Verzeihen Sie, wenn ich ein wenig kritisch bin, aber mich hat die ganze Sache furchtbar aufgeregt. Ich weiß ja, dass Sie keine bösen Absichten hatten, aber ich sorge mich so sehr um Frieda McCartney.«

Martin Wolters legte teilnahmsvoll die Hand auf Erwins Schulter.

»Ich kann mir sehr gut vorstellen, wie Sie sich fühlen.«

»Aber Sie haben sich ja verletzt.«, bemerkte Erwin plötzlich. »Ach, das ist weiter nichts. Ich habe mich heute Abend ein wenig gestoßen ... Doch ich will lieber gleich die Wahrheit sagen. Es ist nicht so schlimm, aber ich dachte, es wäre besser, wenn ich einen Verband anlegte, denn ich bin gebissen worden«, betonte Martin.

»Wer hat Sie denn gebissen?«

»Ein Hund. Merkwürdig, nicht? Das Fenster meiner Speisekammer stand offen, er sprang herein, und als ich dazukam, griff er mich an.«

»Aber Sie sind auch im Gesicht zerkratzt.«

»Sie sehen aber auch alles«, sagte Wolters jetzt ungeduldig. »Ich habe mich beim Rasieren geschnitten. Um aber auf Frieda McCartney zurückzukommen, glauben Sie mir, ich werde mir alle Mühe geben, ihr zu helfen. Sie können sich auf mich verlassen, und wenn Geld notwendig ist für ihre Verteidigung – ich bin zwar kein reicher Mann, aber ich weiß, dass mein Freund Harry McCartney das auch getan hätte, und ich fühle mich dazu verpflichtet.«

»Im Grunde genommen hatte der alte McCartney ein gutes Herz, und seine ständige Unfreundlichkeit war nur angenommen. Ich weiß ganz genau, dass er trotz all seiner äußeren Gehässigkeit seine Nichte sehr gern hatte und sogar stolz auf sie war.«

Martin Wolters sprach ernst, und seine Stimme klang überzeugend.

»Ich selbst zweifle keinen Augenblick daran, dass sie unschuldig ist. Ich kann mir nicht vorstellen, dass sie ein so schreckliches Verbrechen begangen hat. Ja, ich weiß, dass sie es nicht getan hat – wenn es sich überhaupt um ein Verbrechen handelt.«

»Halten Sie es für einen Mord?«, fragte Erwin, der plötzlich ruhig geworden war.

»Ich möchte es bezweifeln. McCartney war ein ganz eigentümlicher Charakter. Man konnte ihn beim besten Willen nicht für normal halten. Klar, es gab Augenblicke, in denen er halb und halb den Verstand verloren hatte, und ein solcher Mann kann eventuell auch Selbstmord begangen haben. Ich kann mich besinnen, dass er zuweilen außerordentlich deprimiert war.

Er ärgerte sich über Kleinigkeiten. Ein Mann, der ein so großes Vermögen besitzt, würde sich doch nicht darüber aufregen, wenn seine Aktien an der Börse um ein paar Punkte fallen. Wie schwierig war er immer, wenn seine Spekulationen nicht genau nach seinen Erwartungen verliefen. Aber Sie haben mir noch nichts Genaueres von der Verhaftung Frieda McCartneys erzählt.«

Erwin antwortete nicht gleich. Er nahm sein Etui heraus und steckte sich eine Zigarette an.

»Frieda McCartney wurde von Kommissar Thalheimer verhaftet, weil er eine kleine Flasche mit Blausäure in ihrem Schreibtisch fand.«

»Hat sie erklärt, wie sie in den Besitz der Flasche kam?«, fragte Martin dazwischen.

»Sie hat gesagt, dass sie ihr per Post zugeschickt wurde. Ihrer Angabe nach war das Fläschchen in einem Reklamezettel eingewickelt, der einen Fleckenreiniger empfahl. Der Kommissar hat gleich in der nächsten Drogerie angefragt und festgestellt, dass dieses Reinigungsmittel, das in dem gedruckten Handzettel empfohlen wurde, weit verbreitet ist, aber der Drogist zeigte Kommissar Thalheimer eine Probe davon, die dunkelbraun und nicht im Mindesten so aussah wie die Flüssigkeit in der Flasche aus Frieda McCartneys Schreibtisch. Daraufhin hat sich die Polizei entschlossen, Frieda McCartney zu verhaften. Vor einer halben Stunde ist sie ins Kommissariat zur Vernehmung gebracht worden.«

Erwin gab sich alle Mühe, ruhig zu sprechen, aber seine Stimme zitterte doch leicht.

Martin Wolters schüttelte den Kopf.

»Ein außerordentlicher Fall. Sagen Sie mir nur das eine: Hat irgendeine Frau Veranlassung, auf Frieda McCartney eifersüchtig zu sein?«

Erwin sah ihn erstaunt an.

»Wie meinen Sie das? Soviel ich weiß, kennt sie weiter keine Damen.«

Plötzlich störte ein ohrenbetäubender schrecklicher Laut die Unterhaltung, ein jammervolles Stöhnen, als ob jemand entsetzliche Schmerzen ausstände. Es schwoll zu einem lang anhaltenden, markdurchdringenden Schrei an, dann herrschte wieder tiefe Stille.

Die beiden sahen einander an.

»Was mag das gewesen sein?«, fragte Erwin, der bleich geworden war.

»Ach, das war nur meine Lieblingskatze«, erklärte Wolters und lächelte ruhig, »manchmal, wenn ich in meinem Zimmer sitze und lese, fängt dieses Biest derartig zu heulen an, dass ich ganz nervös werde. Sie haben das Tier wohl noch nicht gesehen?«, fragte er Erwin scherzend.

»Aber wir kommen ganz von unserem ersten Thema ab. Wenn uns das Vieh noch einmal stören sollte, dann jage ich es aus dem Haus.«

Erwin setzte sich und nahm mit zitternder Hand die Zigarette aus dem Mund. Wolters war hinausgegangen, um das Tier zu beruhigen. Erwin hörte, wie die Tür geöffnet und geschlossen wurde, dann ein leichtes Aufschlagen. Nach kurzer Zeit kam Martin Wolters wieder zurück.

»Es tut mir leid, aber so etwas geht mir auf die Nerven. Besonders Sie müssen darunter leiden, weil Sie es nicht gewöhnt sind.«

»Es sieht fast so aus, als ob Sie heute im Krieg gewesen wären, Katzen bei Nacht und Hunde am Tag.«

Martin Wolters lachte.

»Ja, ich führe tatsächlich ein Hundeleben«, meinte er dann. »Es wäre besser, wenn wir einen kleinen Spaziergang machten. Ich werde Sie ein Stück begleiten, an der frischen Luft kann man besser denken. Ich bin noch zu aufgeregt, um schlafen zu können.«

Sie gingen also zusammen durch die verlassenen Straßen. Wolters sprach unaufhörlich und brachte die seltsamsten Theorien vor.

»Es tut mir furchtbar leid, dass ich in die ganze Affäre gegen meinen Willen hineingezogen worden bin. Ich möchte Ihnen ganz offen sagen, was ich über die Sache denke, Erwin. Sie sind ein Zeitungsmann und werden sich wahrscheinlich genauer mit all den Leuten zu befassen haben, die irgendwie mit dem traurigen Fall zu tun haben. Es ist nur natürlich, dass Leute in Verdacht kommen und dass man sich überlegt, welche Motive die einzelnen gehabt haben könnten, um ein solches Verbrechen zu begehen. Wenn ich eben sagte, es ist nur natürlich, so meine ich damit, dass gerechterweise etwas geschehen muss. Ich selbst würde mich in diesem Fall auch nicht ausnehmen. Eigentlich kannte ich Harry McCartney sehr gut. Ich weiß nicht, ob Sie erfahren haben, dass ich seine Bekanntschaft auf einer Schiffsfahrt von New York nach Deutschland machte? Wir wurden bald Freunde. Ja, ich glaube, ich war der einzige Freund, den er in Hamburg hatte, und ich gebe gern zu, dass ich diese Bekanntschaft pflegte. Ich dachte, früher oder später könnte er mir einmal einen Gefallen tun. In den Vereinigten Staaten habe ich ein Geschäft, das in der letzten Zeit nicht besonders gut gegangen ist. Im Großen und Ganzen bin ich kein Kaufmann. Ich interessiere mich nur so weit dafür, als die Firma das nötige Geld für meinen Lebensunterhalt abwirft. Aber zu meinem Bedauern hat sich mein Einkommen nach und nach immer mehr verringert. Das hat seinen Grund darin, dass ich mit anderen Firmen konkurrieren muss, die denselben Artikel herstellen. Diese haben modernere, wirtschaftlichere und auch noch billigere Arbeitsmethoden als ich.«

»Schon vor zwei Jahren erkannte ich, dass es notwendig war, den Betrieb meiner Fabrik zu reorganisieren und vor allem neues Betriebskapital zu beschaffen. Aber Sie wissen es ja selbst, dass die Kapitalisten sehr vorsichtig sind, wenn nicht der Betreffende, der das Geld benötigt, als ein tüchtiger Arbeiter oder genialer Organisator bekannt ist. Man erwartet heute von dem Inhaber einer Firma, dass er sich selbst geschäftlich betätigt. Das entspricht aber durchaus nicht meinem Lebensideal. Ich hoffte, dass mein armer verstorbener Freund Harry McCartney mir in diesem Punkt helfen würde.«

»Neulich abends«, sprach Martin Wolters weiter, »erzählte ich ihm von meiner bedrängten Lage und erwähnte dabei auch, dass er mir beistehen könnte. Ich erinnerte ihn daran, dass ich schon so lange mit ihm verkehre und vor allem, dass ich ihm eine Frau beschafft hätte, mit der ich die Korrespondenz für ihn führte. Schließlich nannte ich auch die Summe, die ich brauchte, und er versprach, mir zu schreiben. Heute Nachmittag erhielt ich nun seinen Brief. Er schickte ihn mir per Eilboten zu und bat mich, heute Abend um acht zu kommen, weil er die Sache mit mir besprechen wollte. Sie können wohl verstehen, Mr. Müller, dass es für mich eine ernste Angelegenheit war, wenn Harry McCartney mir seine Hilfe versagte. In diesem Fall war es klar, dass ich nach Amerika fahren und selbst wieder mitarbeiten musste. Und ich hatte das unangenehme Gefühl, dass Harry McCartney meinen Wunsch nicht erfüllen würde.«

»Ich kann mir schon denken, wie Ihnen zumute ist«, erwiderte Erwin.

»Vor drei Monaten machte ich Mr. McCartney den Vorschlag, eine Dame zu heiraten, die ihm weiter keine

Schwierigkeiten bereiten würde. Er sollte gleich bei der Trauung die Bedingung stellen, dass sie ihn vollkommen in Ruhe ließe und im Ausland lebte. Vorher hatte er mir ständig vorgejammert, dass er viele Schwierigkeiten mit seinen Verwandten hätte und sie enterben wollte. Zuerst wollte er von meinem Vorschlag nichts wissen, aber schließlich gab er seine Zustimmung, und so kam es dazu, dass er sich trauen ließ. Ich hatte die Bekanntschaft einer wirklich sehr angenehmen Dame gemacht, die für die ihr zugedachte Rolle passte. Die Hochzeit wurde in einer kleinen Hafenstadt gefeiert, wie Sie ja wissen. Sie müssen verstehen, dass ich Ihnen genau erklären will, welche Rolle ich bei dieser Trauung gespielt habe. Ich hatte kein Interesse an der Sache, sondern wollte nur Mr. McCartney behilflich sein, um ihn mir zu verpflichten –«.

»Das verstehe ich alles«, entgegnete Erwin gelangweilt. »Aber offen gestanden, Mr. Wolters, im Augenblick bin ich weniger an Ihren persönlichen Verhältnissen interessiert als an dem Schicksal und der Zukunft meiner armen Frieda. Ich sage Ihnen, ich könnte die ganze Polizeistation auseinanderreißen – ich weiß wohl, dass es verrückt von mir ist, so etwas zu sagen. Aber es ist doch ein Wahnsinn, dass Frieda McCartney den Mord begangen haben soll. Können Sie mir nicht irgendwie helfen, Mr. Wolters, wenn sie morgen vor den Richter kommen sollte. Sie sind doch ein einflussreicher Mann.«

»Sie kommt doch morgen höchstens vor den Untersuchungsausschuss«, sagte Martin. »Das ist doch ganz gleich«, erwiderte Erwin ungeduldig. »Können Sie denn nicht Ihren Einfluss geltend machen, damit sie freigelassen wird?«

Martin Wolters schüttelte den Kopf.

»Das bezweifle ich sehr stark. Die Polizei hat die Sache in die Hand genommen, und Sie wissen die ist unbestechlich. Allem Anschein nach hat man so viel Beweismaterial gegen Frieda gesammelt, dass morgen sofort die Eröffnung des Prozesses beschlossen werden wird, und Frieda, solange in der Untersuchungshaft sein wird.«

Erwin blieb plötzlich stehen.

»Aber vielleicht könnte Daniela McCartney helfen«, sagte er dann ruhig.

Martin Wolters schwieg verhältnismäßig lange.

»Daniela McCartney wird wahrscheinlich überhaupt nicht in die Lage kommen, ihre Aussage zu machen«, erklärte er schließlich. »Sie ist augenblicklich in Frankreich und kann unmöglich etwas über die näheren Umstände des Falles aussagen.«

»Daniela McCartney war aber gestern in der Lessingstraße. Sie war die Frau, die den Millionär um halb sieben aufsuchen wollte. Weil er ihren Besuch erwartete, schickte er seine Nichte fort. Die Frau muss bis acht Uhr bei ihm geblieben sein. Ich habe sie doch aus der Tür kommen sehen.«, erwiderte Erwin aufgeregt.

Wieder folgte ein längeres Schweigen.

»Sie irren sich«, begann Wolters dann wieder. »Wenn Sie sagen, Sie haben eine Dame gesehen, muss ich Ihnen das glauben. Aber es kann unmöglich Daniela

McCartney gewesen sein. Ich will noch weitergehen. Ich bin sogar sehr befriedigt, dass jemand zu der Zeit im Haus war, von dem wir bisher noch nichts Genaueres wissen. Es wäre ja möglich, dass diese Person uns Aufklärung geben könnte über die näheren Einzelheiten und Gründe dieses traurigen Ereignisses. Aber ich muss noch einmal eindringlich wiederholen, dass es unmöglich Daniela McCartney gewesen sein kann.«

Martin Wolters dachte einen Augenblick nach und schüttelte dann den Kopf.

»Nein, sie ist es bestimmt nicht gewesen«, erklärte er noch einmal.

Seine Haltung war merkwürdig deprimiert. Aber plötzlich richtete er sich wieder auf und nahm sich zusammen.

»Ich will Ihnen so viel helfen, wie ich nur kann. Morgen um zehn Uhr werde ich auch im Verhandlungssaal erscheinen. Sie können meinem Rechtsanwalt den Auftrag geben, die Verteidigung Frieda McCartneys zu führen.«

»Ich habe das alles schon geordnet«, erklärte Erwin, »aber trotzdem danke ich Ihnen. Ich werde Sie also bei der Verhandlung sehen? Aber kann man ihr sonst nicht helfen? Wäre es nicht möglich, sie gegen Bürgschaft aus der Haft zu befreien?«

Martin schüttelte den Kopf.

»Ich fürchte, das kommt gar nicht in Frage. Wenn es sich um eine so schwere Anklage handelt, ist es unmöglich, den Angeklagten gegen Bürgschaft auf freien Fuß zu setzen. Das ist grundsätzlich vollständig ausgeschlossen.«

Martin Wolters gab Erwin Müller die Hand, wandte sich um und ging fort.

Erwin beobachtete ihn, bis er fast außer Sicht gekommen war, dann folgte er ihm.

***

9

Erwin ließ Martin Wolters viel Zeit, denn er brauchte selbst Ruhe, um seinen Plan zu durchdenken. So kam er zur Blankeneser Landstraße, aber nicht auf dem direkten, geraden Weg, sondern in einem großen Bogen. Er ging in die kleine Seitenstraße, die an der Rückseite der großen Häuser entlangführte. Manche hatten einen direkten Zugang von dort aus, zum Beispiel zum Haus von Martin Wolters.

Es dauerte einige Zeit, bis Erwin seinen Plan zur Ausführung bringen konnte, weil plötzlich ein Auto in die kleine Nebenstraße einbog, und es verging noch eine halbe Stunde, bis der Fahrer alles in Ordnung gebracht hatte und die Garage wieder abschloss. Erwin wollte auf keinen Fall entdeckt werden.

Die Mauer, die das Grundstück auf der Hinterseite umgab, war über zweieinhalb Meter hoch und oben mit Glasscherben besetzt. Aber etwas weiter die Straße hinunter schloss sich daran eine andere Mauer des Nachbargrundstückes an, deren Oberfläche glatt war. Erwin sprang, so hoch er konnte, und es gelang ihm, die Oberkante mit den Händen zu erreichen. Dann zog er sich hinauf und saß bald rittlings oben. Auf der anderen

Seite stand ein niedriger Schuppen für Fahrräder, der allerdings zum Nachbarhaus gehörte. Erwin ging auf der Trennungsmauer zwischen beiden Häusern entlang und sprang dann herunter. Als er ein paar Schritte gegangen war, befand er sich auf einem mit großen Steinen ausgelegten Hof, von dem aus eine kleine Seitentür ins Innere des Hauses von Martin Wolters führte. Daneben war ein großes, mit schweren Eisengittern versehenes Fenster. Zu seinen Füßen sah er ein kleines Gitter, das allem Anschein nach die Entlüftungsanlage des Kellers verschloss.

Er versuchte vorsichtig, die Tür zu öffnen, und zu seinem größten Erstaunen gab sie dem Druck seiner Hand sofort nach.

Entweder hatte Martin Wolters selbst vergessen, sie zu schließen, oder irgendein Dienstbote war nachlässig gewesen. Erwin befand sich nun in einem Gang. Auf der einen Seite lag die Küche, auf der anderen das Wohnzimmer. Er blieb stehen, zog seine Schuhe aus und überlegte sich, welche Erklärung er geben sollte, wenn Martin Wolters ihn als Einbrecher in seinem Haus vorfand.

Er selbst wusste nicht, was er hier zu finden hoffte, aber er war fest davon überzeugt, dass er Anhaltspunkte entdecken würde, durch die er schließlich Frieda McCartney aus dem Gefängnis befreien konnte. Erwin hatte bei der Zeitung stets die Berichte über die Kriminalfälle und Verbrechen geschrieben, und es war ihm verschiedene Male gelungen, die Lösung für die verwickeltsten Fälle zu finden. Er kannte die Verbrecher, die in der City von New York tätig waren, und die kühne, unerschrockene Art, mit der er selbst an Verbrecherjagden teilnahm, hatte ihn bis zu einem gewissen Grade berühmt gemacht. Es war nicht das erste Mal, dass er ohne Weiteres in fremde Häuser eindrang. Einmal war er dabei fast einem berüchtigten New Yorker Revolverhelden in die Hände gefallen.

Im Haus herrschte vollkommene Ruhe. Wenn Wolters zurückgekehrt war, musste er gleich schlafen gegangen sein. Erwin entdeckte nicht den geringsten Lichtschimmer oder ein Geräusch.

Langsam tastete er sich an der Wand entlang, bis er an eine Ecke kam. Ein unheimliches Gefühl erfasste ihn plötzlich, sodass er zitterte. Grausen packte ihn, als er einen Augenblick später wieder den lang gezogenen Schreckenslaut hörte. Wie angewurzelt blieb er stehen.

In der nächsten Sekunde hörte er Schritte und versuchte, sich zu verstecken. Es gelang ihm auch, den Seitengang zu erreichen, aber im gleichen Augenblick rannte er gegen ein Tablett, das merkwürdigerweise an die Wand gelehnt stand.

Mit furchtbarem scheppern fiel es auf den mit Fliesen ausgelegten Boden, aber nichts rührte sich im Haus. Er drückte sich hart gegen die Wand. Die Schuhe hatte er unter dem Arm, und alle seine Muskeln waren gespannt.

Er war bereit, im nächsten Augenblick Hals über Kopf zu fliehen, aber die Schritte, die er eben noch gehört hatte, waren verstummt. Er wartete ein paar Sekunden und wollte eben wieder vorsichtig um die Ecke spähen, als sich eine große schwere Hand auf seine Schulter legte und ihn zurückzog.

Plötzlich flog etwas an seinem Gesicht vorbei. Er fühlte es an dem Luftzug. Dann legte sich eine Hand auf seinen Mund, und irgendjemand zischte ihm ins Ohr: »Kommen Sie. Machen Sie keinen Lärm.«

Trotz seines Schreckens hatte Erwin das beruhigende Gefühl, gehorchen zu müssen, denn die Stimme kam ihm positiv bekannt vor.

Der Fremde führte ihn den Korridor entlang auf den hinteren Hof und schloss die Tür.

»Schnell über die Mauer«, flüsterte der Fremde.

Erwin folgte der Aufforderung. Kaum stand er schweratmend auf der Straße, als der andere auch schon neben ihm auftauchte.

»Ziehen Sie Ihre Schuhe nicht an. Machen Sie, dass Sie ins Freie kommen.«

Erwin lief, so schnell er konnte, zum südlichen Ende der Blankeneser Straße. Dort blieb er stehen und zog eilig die Schuhe an.

»Ich weiß ja gar nicht, wer Sie sind«, sagte er dann.

Der andere lachte, und Erwin Müller sah ihm ins Gesicht.

»Donnerwetter, Kommissar Thalheimer.«

Der Kommissar nickte.

»Erwin, seien Sie froh, dass Sie mit dem Leben davongekommen sind«, erwiderte der Kommissar ernst.

»Wie kamen Sie denn ins Haus?«, fragte Erwin.

»Ich war in der Speisekammer und beobachtete Sie. Aber in dem Haus konnten Sie nichts finden, ich habe die Zeit gründlich ausgenutzt, während Sie mit Martin Wolters spazieren gingen. Ich kam gerade an, als Sie durch die Diele zur Haustür gingen.«

»Haben Sie diesen schrecklichen Laut gehört? Es muss irgendein Schmerzensschrei gewesen sein.« Erwin zitterte, als er daran dachte.

»Ich hörte ihn. Es war furchtbar.«

»Was war denn das eigentlich?«

»Das wollte ich ja auch entdecken, während Sie fort waren. Ich hörte es, als ich über die Mauer stieg, und erschrak auch zu Tode. Es klang wie der Schrei einer Katze«, Erwin zuckte fragend mit den Schultern.

»Die Erklärung gab mir auch Wolters. Aber sagen Sie, was tun Sie eigentlich hier? Haben Sie Martin Wolters im Verdacht?«, fragte Erwin den Kommissar.

»Ich traue niemandem, dafür bin ich schließlich Polizeibeamter«, antwortete Thalheimer, »und ich habe Sie im Verdacht, Erwin, dass Sie eine große Dummheit begehen. Heute Abend sind Sie ja noch einmal mit heiler Haut davongekommen. Haben Sie denn nicht bemerkt, dass in Ihrer Nähe ein weißer Schrank stand, von dem Sie sich scharf abhoben?«

Erwin hatte das wohl bemerkt, der Tatsache aber weiter keiner Bedeutung beigelegt.

»Man konnte Sie gegen den hellen Hintergrund deutlich sehen. Ich fürchtete, dass unser Freund Sie treffen würde.«, sagte Thalheimer.

»Er hat doch nicht geschossen?«, bemerkte Erwin fragend.

»Nein, er hat keine Pistole gebraucht«, antwortete der Kommissar. »Es klang, als ob es ein Pfeil gewesen wäre. Haben Sie nicht gesehen, dass an allen Wänden seines Arbeitszimmers solche Waffen hängen? Ach nein, in seinem Arbeitszimmer sind Sie ja noch nicht gewesen, das können Sie nicht gesehen haben. Wenn Sie aber einmal hinkommen, betrachten Sie sich einmal die Waffensammlung, die er dort untergebracht hat. Darunter befinden sich viele gute Bogen und Pfeile, und Martin Wolters versteht es allem Anschein nach, sie zu gebrauchen. Ich möchte fast annehmen, dass er einige Zeit in Ostasien oder im malaiischen Archipel gelebt hat. Die Holzmasken über seinem Schreibtisch stammen bestimmt von den Papuas.«

»Aber konnten Sie denn wenigstens herausfinden, was dieser entsetzliche Schrei zu bedeuten hatte? Es war eigentlich mehr ein Stöhnen, als ob jemand furchtbare Qualen und folternde Schmerzen zu ertragen hätte.«

»Nein«, antwortete der Kommissar, »das konnte ich nicht herausbringen. Darin hatte ich Pech. Ich hoffte immer, es noch einmal zu hören. Das erste Mal hörte ich den Schrei, als ich über die Mauer kletterte, um ins Haus einzudringen, und als ich ihn zum zweiten Mal hörte, war es zu spät. Sie hatten ja diesen entsetzlichen Spektakel unten im Gang gemacht. Es war höchste Zeit, dass wir beide das Haus verließen.«

»Der Schrei schien aus dem Keller zu kommen«, meinte Erwin.

»Das habe ich zuerst auch geglaubt, aber ich habe den Keller durchsucht und nichts Verdächtiges gefunden. Schließlich nahm ich an, dass es tatsächlich eine Katze gewesen sein müsste.«

»Aber es war keine Katze, darauf kann ich einen Eid leisten«, erwiderte Erwin erregt.

»Was suchten Sie eigentlich in dem Haus, Thalheimer?«

»Ich wollte etwas mehr über Martin Wolters erfahren, und ich hielt seine Abwesenheit für eine glänzende Gelegenheit dazu. Dieser Fall ist so kompliziert, dass ich mir irgendwelche anderen Anhaltspunkte verschaffen muss. Übrigens werden Sie sich freuen, wenn ich Ihnen sage, dass wir Frieda McCartney aus Mangel an Beweisen aus der Haft entlassen haben.«

»Sie haben Sie freigelassen?«, rief Erwin froh und drückte ihm die Hand. »Wo ist sie denn jetzt?«

»Sie ist in ihr Hotel zurückgekehrt und liegt jetzt hoffentlich im Bett. Machen Sie keine Dummheiten, Erwin. Die Lage ist immerhin noch kritisch genug für sie. Ich müsste Frieda morgen wieder verhaften, wenn weitere Verdachtsmomente gegen sie auftauchten. Erwin, Sie sind doch noch ein großes Kind.«

Erwin achtete nicht auf diese Bemerkung, er war ganz aufgeregt und happy vor Freude.

»Ich bin ganz außer mir. Wenn Sie erst jemand auf freien Fuß lassen, sind Sie auch davon überzeugt, dass er unschuldig ist.«

»Ganz unrecht haben Sie nicht, Erwin, wir konnten ihre Angaben, dass sie die kleine Flasche mit der Blausäure tatsächlich durch die Post erhalten hat, nachprüfen. Glücklicherweise hat Frau Frieda McCartney der Haushälterin die Flasche gezeigt und sie um Rat gebeten, wie man das Reinigungsmittel benutzen könnte. Die beiden überlegten sich dann, dass sie es vorläufig beiseite stellen wollten, bis sie sich genau davon überzeugt hätten, was es wäre. Das war Punkt eins.«

»Punkt zwei: Die verschleierte Dame in Schwarz, die Sie aus McCartneys Haus kommen sahen, ist auch von einem unserer Beamten beobachtet worden. Er hat sie ganz deutlich gesehen, ihr Gesicht konnte er allerdings auch nicht erkennen. Sie blieb an der Ecke vom Lessing Platz stehen, um einen Brief in einem länglichen Kuvert in den Kasten zu werfen. Der Beamte hat auch bemerkt, dass sie diesen länglichen Brief in der Hand trug, als sie die Wohnung verließ. Nun ist natürlich nichts Auffälliges daran, das eine Frau aus einem Haus in der Lessingstraße herauskommt, um einen Brief in einen Postkasten einzuwerfen. Unser Mann dachte deshalb auch nicht mehr daran, bis der Mord bekannt wurde.«

»Und drittens habe ich mir überlegt, dass jemand das andere Glas Kognak ausgetrunken haben musste, dass für Martin Wolters eingeschenkt worden war. Der Täter oder die Täterin muss das Glas wieder gefüllt haben, Sie können sich doch noch darauf besinnen, dass die Kognakflasche auf dem Büfett stand?«

Erwin nickte.

»Weiterhin konnte ich – zum Glück für Frieda McCartney feststellen, dass sie die beiden Likörgläser in Gegenwart der Haushälterin eingoss und die Flasche wieder ins Büfett stellte.« »Unter diesen Umständen war es natürlich vollkommen ausgeschlossen, die junge Dame noch weiter in Haft zu behalten. Da noch kein direkter Haftbefehl gegen sie ergangen war, habe ich es auf meine eigene Kappe genommen, sie freizulassen. Das war umso leichter, als noch keine Anklage gegen sie erhoben war, sondern nur ein Verdacht bestand.«

»Gott sei Dank«, erwiderte Erwin erleichtert. »Nun kann ich wenigstens ruhig schlafen. Es wäre leider grausam, sie noch zu stören, und doch möchte ich sie gerade jetzt wiedersehen.«

»Hören Sie doch auf mit solchen Dummheiten«, entgegnete Thalheimer.

Er sprach bestimmend weiter und sah Erwin dabei an.

»Verliebte Leute scheinen tatsächlich alle einen Klaps zu haben. Nehmen Sie sich zusammen, Sie sind doch sonst so ein tüchtiger Kerl. Im andern Fall würde ich ja schließlich nicht Ihre Bekanntschaft pflegen. Sie sind darauf aus, eine große interessante Geschichte für Ihre amerikanischen Blätter zu schreiben, und ich bin darauf aus, große Verbrechen aufzudecken. Sie wissen bedeutend mehr über Verbrechen und Verbrecher als Ihre Kollegen, und ich wäre sehr froh, wenn Sie mir bei der Aufklärung dieses Falles helfen würden.«

»Selbstverständlich, so viel ich nur kann. Aber es erscheint mir noch fraglich, ob auch Sie mir helfen wollen«, sagte Erwin etwas grimmig. »Sie haben ganz recht, ich bin darauf aus, eine Riesengeschichte zu schreiben.«

»Den Stoff dazu sollen Sie schon bekommen. Und ich sage Ihnen, Erwin, es wird eine Sensation geben. Vor allem müssen Sie mir aber dabei helfen, diese Dame in Schwarz wiederzufinden. Und dann müssen wir den Brief bekommen, den sie in den Briefkasten geworfen hat.«

***

10

Martin Wolters hatte einen gewaltigen Abscheu vor Unannehmlichkeiten und Störungen. Aus diesem Grunde konnte er auch alle möglichen anderen Leute nicht leiden, die von der gewöhnlichen Norm abwichen. Aber es kam ihm nicht darauf an, ob seine Mitmenschen ehrliche Bürger waren oder Verbrecher. Für ihre moralischen Eigenschaften interessierte er sich nicht im Mindesten. Hauptsache war, dass sie ihn nicht in seinem Wohlleben störten.

Er beschwerte sich auch nicht darüber, dass Einbrecher in die Häuser eindrangen, sondern nur darüber, dass derartige Leute seinen Frieden und seine Ruhe stören konnten. Solange die Verbrecher bei anderen Leuten ihre Künste versuchten, hatte er nichts dagegen. Der Fleischer, der ihn belieferte, oder der Chauffeur eines Taxis mochten seinetwegen die größten Verbrecher sein, wenn sie nur ihn nicht belästigten. Ein Verbrecher war in seinen Augen nicht schlimmer als ein Wäscher, der seine Hemden durchgerieben hatte oder die Kragen mit dem Bügeleisen verbrannte. Am nächsten Morgen ging Martin Wolters um elf Uhr zum Gebäude der Kriminalpolizei, wo auch Kommissar Thalheimer sein Büro hatte.

Der Kommissar saß allein in seinem Büro, von wo aus er einen guten Gesamtausblick hatte. Nur heute nicht. Das Elbufer, die Elbe und auch das große, palastähnliche Parlamentsgebäude waren von dichtem Nebel völlig eingehüllt. Seit zwei Tagen lag Hamburg schon unter einer dunklen Dunstschicht, und wenn man den Wetterpropheten Glauben schenken durfte, konnte man sich noch auf zwei weitere Nebeltage gefasst machen.

Auf seinem Schreibtisch erkannte jeder die erforderliche ordentliche Unordnung. Im Blick hatte Kommissar Thalheimer kein Bild von Frau und Kindern wie die anderen spießigen Beamten. Nein es stand nur ein kleines Bild seines verstorbenen Wellensittichs, den er Wolfgang nannte, vor ihm.

Na, ja, jeder hat so seine Vorstellung von Priorität. Abgesehen davon hatte Thalheimer keine Frau und keine Kinder. Er war ein eingefleischter Junggeselle, von Natur aus ein Gemütsmensch und ließ sich nicht so schnell aus der Ruhe bringen.

Er war ein großer, stattlicher ein bisschen hagerer Mann mit einem bronzefarbenem Gesicht, der nur sehr selten lächelte.

Das besonders hübsch eingerichtete Büro mit seiner mattpolierten Eichentäfelung und den vornehmen, eleganten Beleuchtungskörpern bot selbst einem Menschen von verwöhntem Geschmack einen angenehmen Aufenthalt. Ein helles Feuer flackerte in dem gekachelten Kamin, und eine silberne Uhr tickte melodisch auf der Marmorplatte darüber. Neben dem Kommissar stand ein mit einer weißen Serviette bedecktes Tablett, auf dem eine große weiße Teekanne stand. Es hätte sein persönliches Wohnzimmer sein können.

Thalheimer sah auf die Uhr im Handy, es war fast elf Uhr. Er drückte auf einen Klingelknopf, der seitlich am Schreibtisch angebracht war. Gleich darauf klopfte es leise an die Tür, und ein Polizeibeamter erschien unmittelbar.

»Gehen Sie bitte in die Registratur und holen Sie mir«, er machte eine kurze Pause und schaute auf ein Stück Papier, welches vor ihm lag, »die Akte, Medikamente 1/15.«

Der Beamte zog sich geräuschlos zurück, und Thalheimer schenkte sich bedächtig eine halbe Tasse Tee ein. Nachdenkliche Falten zeigten sich auf seiner Stirn, und ein Ausdruck ungewöhnlicher Sorge lag auf seinen sonst so gleichmäßigen Zügen, die die Sonne gebräunt hatte.

Er war aus seinem Urlaub plötzlich zurückgekehrt, um sich einer Aufgabe zu widmen, die nur ein Mann von seiner Begabung lösen konnte. Er sollte den größten Skandal der Medizinbranche der letzten Zeit vollständig aufklären.

Und nun war diese Aufgabe noch dringender geworden, denn diese Machenschaften beziehungsweise skrupellose Mittäter waren für die jetzigen Ereignisse der Giftmorde verantwortlich, die sich hier in Hamburg am Elbufer ereigneten. Niemand hatte die Person, den wahrscheinlichen Drahtzieher des Ganzen, je gesehen, es existierte keine Fotografie von ihm, welche die Spürnasen der Kripo auf seine Spur hätte bringen können. Man hatte damals zwar Agenten von einem Verdächtigen festgenommen sowie sie dann strengen Verhören unterworfen, aber es waren immer nur die Agenten anderer Agenten gewesen. Die Täterin oder der Täter selbst hatte sich unsichtbar gehalten, er oder sie stand hinter einem Netz von Banken, Rechtsanwälten und anonymen Personen, für den Arm der Gerechtigkeit unerreichbar.

Der Polizeibeamte kehrte schweigend mit einer kleinen schwarzen Ledermappe zurück, die er vor Kommissar Thalheimer auf den Schreibtisch legte. Dann verließ der Beamte das Zimmer wieder.

Kommissar Thalheimer öffnete die Mappe, zog drei Karteikarten hervor und legte sie einzeln vor sich auf die Schreibtischunterlage. Es waren die vergrößerten Aufnahmen von Fingerabdrücken.

Selbst wenn man kein Experte auf diesem Gebiet war, konnte man sofort erkennen, dass sie von demselben Finger sind, obwohl die Aufnahmen offensichtlich unter den verschiedensten Umständen gemacht wurden.

Kommissar Thalheimer wurde in seinen Gedanken gestört, als er eine bekannte Stimme hörte.

Er sah wieder auf das Handy und nahm, durch die nur angelehnte Bürotür die zum Wachraum führte, die Stimme von Martin Wolters war:

»Ich möchte die Polizei nicht unnötig stören«, sagte Wolters, »aber ich muss doch einen Einbruch zur Anzeige bringen, der in meinem Haus verübt wurde. Soviel ich weiß, ist das nötig, um das Eigentum wiederzuerlangen, das mir von den Einbrechern gestohlen wurde.

Ich muss allerdings zugeben, dass ich bis jetzt nichts vermisst habe.«

»Ganz recht«, bemerkte Kommissar Thalheimer, der jetzt zufällig zugegen war und Wolters Worte durch die offene Tür hören konnte.

»Wann ist denn der Einbruch passiert?«, fragte er, als er in den Wachraum trat.

»Heute Morgen in aller Frühe«, entgegnete Martin Wolters und nickte dem Kommissar zu.

»Guten Morgen, Herr Kommissar. Man möchte fast sagen, dass das Sprichwort recht hat, »Wenn man einmal der Polizei in die Hände fällt, kommt man nicht mehr von ihr los.«

»Nanu, so schlimm ist es doch nicht. Sie haben doch erst das zweite Mal mit uns zu tun.«

Kommissar Thalheimer war ein großer, hagerer Mann mit einem bronzefarbenem Gesicht, der nur sehr selten lächelte. Aber jetzt zwinkerte er Martin Wolters vertraulich zu.

»Es war etwa zwei Uhr in der Nacht«, fuhr Wolters fort. »Ich kam gerade von einem Spaziergang mit Mr. Müller zurück und ging in mein Arbeitszimmer, einen kleinen Raum, in dem ich gewöhnlich meine schriftlichen Arbeiten erledige. Er liegt direkt neben meinem Schlafzimmer. Plötzlich hörte ich unten im Haus ein Geräusch.«

Kommissar Thalheimer nickte.

»Wo liegt denn Ihr Haus?«, fragte er unschuldig.

»In der Blankeneser Landstraße. Ein kleines, bescheidenes Gebäude. Ich dachte, Sie würden es kennen.«

»Blankeneser Landstraße«, wiederholte Kommissar Thalheimer und machte sich eine genaue Notiz. »Es tut mir leid, dass Ihnen das passiert ist. Erzählen Sie nur ruhig weiter, Mr. Wolters.«

»Ich habe keinen Revolver im Haus, so nahm ich einen Bogen und ein paar Pfeile von der Wand. Ich habe nämlich eine Sammlung, die ich von einem Aufenthalt in Borneo mitbrachte, und ich kann ziemlich gut mit diesem Bogen schießen. In dem dunklen Gang sah ich einen der Einbrecher und schoss auf ihn, aber allem Anschein nach habe ich ihn verfehlt. Es müssen zwei Leute gewesen sein, sie flohen in den kleinen Hof, der auf der Rückseite des Hauses liegt, kletterten über die Mauer und entkamen.«

»Sind Sie denn den beiden nicht gefolgt?«

»Nein.« Martin Wolters lächelte, »dazu war ich nicht in der Stimmung.«

»Aber nun eine wichtige Frage:

»Vermissen Sie etwas?«

»Nein. Ich habe die beiden wohl gestört, bevor sie ihr Vorhaben ausführen konnten.«

»Gut. Dann werde ich mir einmal Ihr Haus ansehen, Mr. Wolters«, erklärte der Kommissar sofort.

»Aber ich gebe Ihnen doch die Versicherung, dass ich nichts vermisse«, widersprach Martin Wolters schnell.

»Das ist ganz gleich. Wenn hier auf der Polizei ein Einbruch gemeldet wird, dann gehört es zu unserer

Pflicht, das Haus genau zu inspizieren. Fingerabdrücke oder sonstige Spuren an den Fensterscheiben könnten einen Anhaltspunkt dafür geben, wer die Täter waren.«

»Nun gut. Es ist mir allerdings sehr unangenehm, wenn die Polizei in mein Haus kommt.«

Als Martin dies sagte, lachte er leise. »Aber wenn Sie wollen, können Sie ruhig mitkommen.«

Für Kommissar Thalheimer war dieses jetzt eine außerordentlich günstige Gelegenheit. Er hätte niemals gedacht, dass Martin Wolters über diesen mitternächtlichen Besuch eine Anzeige bei der Polizei erstatten würde. Nun begleitete er Wolters zu dessen Wohnung und unterhielt sich unterwegs mit ihm über die kommende Fußballsaison. Außerdem besprach er die Möglichkeiten und Aussichten, die ein besonderes Rennpferd beim nächsten Derby haben würde. Diese beiden Themen interessieren alle guten Engländer aufs Höchste, und Martin schien mit der Gesellschaft des Kommissars sehr zufrieden zu sein.

Die Durchsuchung des Hauses war bald erledigt.

Kommissar Thalheimer ging durch das Speisezimmer und die große Diele, er stieg die Treppe hinauf, inspizierte Schlaf-, Bade- und Arbeitszimmer und sah sich schließlich noch den Keller an.

In einem großen Gang blieb er stehen.

»Was stand denn früher hier?«, fragte er Martin und deutete auf die verstaubte Wand.

Er wusste aber sehr wohl, was in der vorigen Nacht noch dort gestanden hatte.

»Ein Schrank, der hier immer im Weg war.«

»Was hatte er denn für eine Farbe?«

»Er war weiß gestrichen.«

»Haben den etwa die Einbrecher gestohlen?«

Martin Wolters glaubte, der Kommissar wolle einen Witz machen.

»Nein, das nicht. Ich habe ihn heute Morgen fortschaffen lassen. Ich telefonierte mit einem Spediteur und ließ ihn zu meinem Landhaus bringen.«

»Zeigen Sie mir doch einmal Ihre Waffensammlung und auch den Bogen und den Pfeil, den Sie in der vergangenen Nacht benutzten.«

Martin Wolters sah ihn erstaunt an.

»Aber was wollen Sie denn damit? Das würde doch nicht den Einbrecher, sondern höchstens mich selbst belasten.«

»Trotzdem möchte ich mir die Waffen einmal ansehen. Ich wollte vorhin schon fragen, als wir oben waren.«

»Ich hatte allerdings auch die Absicht, sie Ihnen zu zeigen, aber Sie gingen so schnell weiter. Nun, ich werde sie holen.«, sagte Martin noch schnell.

Die Wände des unteren Ganges waren mit gelber Farbe gestrichen. Durch ein Fenster schien die Sonne herein und erleuchtete die eine Wand hell. Und gerade in der Mitte dieses Sonnenflecks war ganz schwach ein Fingerabdruck zu erkennen. Leute, die nicht gewohnt waren, auf solche Dinge zu achten, hätten ihn sicherlich übersehen. »Das ist Blut«, sagte Thalheimer zu sich selbst und wartete, bis er Wolters die Treppe hinaufgehen hörte. Schnell nahm er dann seine kleine Miniaturkamera aus der Jackentasche und stellte sie genau auf den Fingerabdruck ein. Er machte im Ganzen drei Aufnahmen, und als Martin Wolters mit Bogen und einem Pfeil in der Hand zurückkam, war der Fotoapparat längst wieder verschwunden.

»Sehr hübsche Waffen«, meinte Thalheimer. »Der Bogen ist ja reich geschnitzt und verziert. Ich bin noch nicht ganz davon überzeugt, dass wir recht haben, wenn wir Feuerwaffen gebrauchen. Unter manchen Umständen ist solch eine lautlose Schusswaffe bei Weitem vorzuziehen. Glauben Sie, dass Sie den Mann getroffen haben?«

»Hoffentlich habe ich ihn verfehlt. Zuerst war ich allerdings furchtbar ärgerlich, aber es würde mir doch leidtun, wenn ich einen anderen Menschen mit diesen bösen Waffen verletzen sollte. Sehen Sie sich einmal die Pfeilspitzen an, die haben ganz gemeine Widerhaken.«

Der Kommissar nahm einen der Pfeile in die Hand, betrachtete die gezackte Spitze und gab ihn Martin Wolters zurück.

»Haben Sie übrigens etwas von Daniela McCartney gehört?«, fragte er auf dem Rückweg zum Wohnzimmer.

»Die Verhandlung der Totenschau ist für übermorgen angesetzt.«

»Merkwürdigerweise habe ich heute Morgen einen Brief von ihr erhalten, und ich muss sagen, ich mache mir jetzt ziemliche Sorgen.«

Er öffnete ein kleines Geheimfach im Paneel und nahm einen Brief heraus, der in Paris zur Post gegeben wurde. Der Stempel war allerdings nicht leserlich.

»Es liegt Ihnen natürlich etwas daran, den Inhalt des Schreibens zu erfahren«, sagte Martin und reichte dem Kommissar den Bogen.

Oben stand: »Café de Lyon«, das Datum war zwei Tage alt.

Lieber Mr. Wolters. Ich bin vom Aufenthalt in Paris so genervt, dass ich mich entschlossen habe, von hier fortzugehen. Diese Zeilen schreibe ich in einem Restaurant, eine halbe Stunde vor Abfahrt des Zuges. Ich fahre von hier aus nach Marseille, was ich dann unternehme, weiß ich noch nicht. Vielleicht gehe ich dann nach Barcelona, vielleicht ziehe ich aber auch England und später Deutschland vor. Es hat keinen Zweck, meinem Mann Harry McCartney einen Brief zu schreiben, denn er antwortet doch nicht. Würden Sie daher so liebenswürdig sein, ihm von mir auszurichten, welche Reisepläne ich habe. Ich danke Ihnen vielmals für Geld, welches Sie mir geschickt haben. Vielleicht wird es Ihnen schwerfallen, meine Interessen zu vertreten. Ich schicke Ihnen deshalb eine Generalvollmacht, die nach meiner Trauung ausgefertigt wurde. Daraus ersehen Sie, dass Sie alle Schritte in meinem Interesse unternehmen können, die Sie für notwendig halten.

Mit freundlichen Grüßen
Daniela McCartney

»Sehen Sie, hier ist die Vollmacht«, sagte Martin.

»Das Schriftstück ist in deutscher Sprache aufgesetzt.«

»Ja, es wurde doch noch für Daniela McCartney ausgefertigt, bevor sie Deutschland verließ, sie wünschte das ausdrücklich. Es ist das erste Mal, dass ich diese Vollmacht ausgeliefert erhalte. Es passt mir aber nicht, dass sie mir das Schriftstück zugesandt hat, denn es ist eine Menge unangenehmer Arbeit damit verbunden.«

Der Kommissar hielt das Dokument gegen das Licht. Das Schriftstück war ein paar Monate alt, und als Vollmacht von Harry McCartney selbst unterzeichnet und bestätigt.

»Die Vollmacht wurde unmittelbar nach der Trauung aufgesetzt«, bemerkte Martin Wolters noch eindringlich. »Daniela McCartney hatte bis jetzt auch noch keine Gelegenheit, sie praktisch zu verwenden. Ich wünschte nur, sie hätte sie auch in Frankreich gelassen.«

Thalheimer reichte wortlos das Schriftstück zurück.

»Kann ich Sie heute in zwei Stunden noch einmal besuchen?«

»Es würde mir ein großes Vergnügen bereiten.«

»Haben Sie sich an der Hand verletzt?«, fragte der Kommissar und zeigte auf den Verband.

»Ja. Ich habe gestern schon mit Müller darüber gesprochen. Er fragte mich auch, und ich sagte ihm, dass ich von einem Hund gebissen worden bin.«

Irgendetwas ist hier nicht schlüssig und widerspricht der Logik, dachte Kommissar Thalheimer noch. Bei diesen Gedanken kräuselte sich seine Stirn.

Eine Stunde später kehrte Thalheimer schon zurück.

»Ich möchte einmal Ihre Küche sehen«, sagte er.

Martin Wolters führte ihn hin.

Kommissar Thalheimer hatte gar nicht die Absicht, den Raum zu betreten, aber auf dem Weg kam er durch den gelbgestrichenen Gang mit dem blutigen Fingerabdruck. Er sah wohl die Wand, aber der Abdruck war inzwischen verschwunden. In der Zwischenzeit hatte Martin Wolters die Stelle mit Farbe überstrichen.

»Ich weiß nicht, ob Sie es bemerkt haben«, sagte Martin Wolters, als sich der Kommissar die Küche angesehen hatte. »Nachdem Sie heute Morgen fortgingen, habe ich hier eine Entdeckung gemacht, der ich entnehme, dass ich doch einen der beiden Einbrecher verwundet haben muss.«

Er zeigte auf die Wand.

»Ich habe dort einen Blutfleck gefunden und deshalb die Stelle neu gestrichen. Erst später kam mir der Gedanke, dass Sie vielleicht ein Interesse daran hätten. Es schien mir fast so, als ob es ein Fingerabdruck wäre.«

»Wenn es aber nicht ein Fingerabdruck war, ist es unwichtig.«

»Das kann ich nicht mit Bestimmtheit behaupten«, erwiderte Martin. »Ich verstehe sehr wenig von solchen Dingen. Zuerst hielt ich es nur für einen Flecken.«

Kommissar Thalheimer kehrte zur Haustür zurück. Draußen wartete in einiger Entfernung ein Taxi.

Erwin war im Wagen geblieben.

Als Thalheimer zum Wagen zurückkehrte, runzelte er die Stirn und sagte zu Erwin: »Der spinnt doch, der Wolters!«

»Fahren Sie ins Hauptkommissariat«, sagte er zum Chauffeur, sprang in den Wagen und schlug die Tür laut hinter sich zu.

»Erwin«, sagte er und seufzte, »dieser Kerl ist furchtbar schwierig zu behandeln. Ich weiß nicht, was ich von ihm denken soll. Manchmal macht er sich direkt verdächtig, und dann klärt sich hinterher wieder alles zur Zufriedenheit auf. Sobald ich glaube, ich habe ihn gefasst, hat er auch schon ein unanfechtbares Alibi bereit.«

»Und außerdem«, fuhr Kommissar Thalheimer fort, »fährt Martin Wolters ein auffälliges Auto mit einer noch auffälligeren Lackierung« »Es wird doch niemals jemand, der ein Verbrechen ausübt oder plant, mit einem solch auffälligen Fahrzeug durch die Gegend fahren, oder am Tatort stehen.«

»Nun, und was ist mit dem weiß gestrichenen Schrank?«, fragte Erwin, nachdem er erfahren hatte, was sich bei dem ersten Besuch zugetragen hatte.

»Den hat er heute Morgen mit einem Transporter aufs Land schaffen lassen. Übrigens hat er mir das selbst gesagt, und außerdem hat der Detektiv, der das Haus bewacht, es bestätigt. Unglücklicherweise hat er den Namen des Spediteurs nicht genannt, aber wir haben ja immer noch die Möglichkeit, das später nachzuholen.«

»Warum legen Sie so großen Wert auf den weiß gestrichenen Schrank?«, fragte Erwin jetzt.

»Ach, das ist weiter nicht wichtig«, erwiderte der Kommissar.

Als sie ins Hautkommissariat kamen, gingen sie sofort zur Spurensicherung. Auf dem Weg dorthin, nimmt man sofort den muffigen Geruch wahr, wie er in allen Behörden, wahrzunehmen ist. Es ist nicht festzustellen, ob überhaupt einmal gelüftet wird oder wurde. Wir alle werden es nicht ändern können.

»Sind jetzt die Abzüge fertig?«, fragte Kommissar Thalheimer den diensthabenden Beamten.

»Jawohl, sie sind erkennungsdienstlich erfasst und sehr klar und deutlich ausgefallen.« Bei diesen Worten überreichte der Beamte dem Kommissar drei Fotos, die dieser näher ans Licht hielt.

»Ja, sie sind einigermaßen gut ausgefallen. Erwin, sehen Sie einmal her. Hier sind die Fingerabdrücke. Man kann jede Linie genau sehen. Wenn jetzt meine Vermutung richtig ist, können wir feststellen, ob Daniela McCartney gestern Abend spät im Haus von Martin Wolters war. Er versuchte mir ja vorzuschwindeln, dass sie im Süden Frankreichs umherreist.«

»Das wäre großartig«, entgegnete Erwin. »Geben Sie mir doch bitte auch einen Abzug – danke schön.«

Er nahm ihn und steckte ihn in seine Brieftasche.

»Das ist alles Material für Ihre Geschichte«, sagte der Kommissar dann. »Enden damit vorläufig unsere Ermittlungen?«

»Ja, wir können den Abdruck nicht eher gebrauchen, als bis wir Daniela McCartney gefunden haben, und ich weiß auch noch nicht genau, wohin das führen soll. Es ist ja schließlich kein Verbrechen, wenn man sich in Hamburg aufhält, während andere Leute behaupten, man wäre in Paris oder in Südfrankreich.«

»Stress ist auch nur ein Gedanke«, fügte Erwin noch ironisch hinzu.

»Zeigen Sie noch einmal her«, bat Erwin und nahm einen der beiden Abzüge. Er betrachtete ihn nachdenklich und sah dann Thalheimer an. Es war ihm eine gute Idee gekommen.

»Wer mag denn eigentlich diese Daniela McCartney sein? Es wäre doch möglich, dass sie zur Unterwelt gehört und eine Verbrecherin ist. Wir haben doch hier eine große Kartei von all den Leuten, die einmal verurteilt worden sind oder einmal in Händen der Polizei waren.«

Kommissar Thalheimer kniff die Augen zusammen. »Das ist ein glänzender Gedanke, Erwin. Wir wollen sofort einmal nachsehen.«

Sie gingen beide zur Registratur und händigten dem Beamten einen Abzug aus. Dieser betrachtete den Fingerabdruck genau, machte ein paar Notizen auf eine Karte, nachdem er das Foto auf den Scanner des Computers legte. Nach kaum zehn Minuten kam der Beamte mit einem großen Karton zurück, auf dem eine Anzahl von Fingerabdrücken und Fotografien zu sehen waren. Diese verglich der Beamte mit dem Foto.

»Sehen Sie, Herr Kommissar, wir haben sie schon gefunden. Die Erkenntnisse sind beeindruckend. Das hier ist der Zeigefinger. Die Abdrücke sind vollkommen gleich.«

»Wer ist es denn?«, fragte Thalheimer begierig.

»Daniela Hoppe«, sagte der Beamte, »eine Gefangene, die zu lebenslänglichem Gefängnis verurteilt wurde, aber jetzt vor Kurzem aus dem Gefängnis entwich.«
»Daniela Hoppe…, Daniela Hoppe … brummelte der Kommissar vor sich hin. Den Namen habe ich doch schon mal gehört!«

***

11

Erwin sah den Kommissar an:
»Dann ist die Sache ja soweit klar. Daniela McCartney, Schmidt oder Miller ist niemand anders als Daniela Hoppe«, betonte er lautstark.
»Raffiniert«, kam als Antwort vom Kommissar.
Pause. Beide sahen sich fassungslos an.
»Jetzt ist es auch verständlich«, sagten Thalheimer und Erwin fast gleichzeitig, »warum sie der Hochzeit mit McCartney zugestimmt hat.«
»Ja«, folgerte Erwin, »Einen neuen seriösen Namen und ein sehr großes Vermögen beim Ableben von McCartney.«
»Alle Achtung«, erwiderte der Kommissar, »Die Frau ist nicht dumm.«

Ein paar Stunden später saßen die beiden in der Halle im Hotels Madison.
»Diese Daniela McCartney ist über acht Millionen Dollar wert, daran lässt sich nichts ändern, ganz gleich, ob sie nun Daniela McCartney oder Daniela Schmidt oder Hoppe heißt. Der alte Mann hat kein Testament hinterlassen. Vielleicht hat er keinen bestimmten

Rechtsanwalt und nahm deshalb immer einen anderen, wenn er gerade juristischen Beistand brauchte. Sie war übrigens auch die Frau, die von sieben bis acht Uhr bei ihm war. Und sie hat den Brief in den Postkasten gesteckt.«, sprach der Kommissar. Der Brief ist weiterverfolgt worden, aber nur bis zu einem gewissen Punkt«, fügte er vorsichtig hinzu.

»Warten Sie einen Augenblick«, sagte Erwin erregt, »Dieser Brief, der am Lessing Platz aufgegeben wurde, war unfrankiert und an Daniela McCartney selbst adressiert.«

»Da haben Sie vollkommen recht, Erwin. Ich habe nämlich auf Ihre Vermutung hin, dass keine Marke auf dem Brief war, gehandelt. Dadurch gelang es mir, den Brief weiterzuverfolgen. Es ist nur wenigen Leuten bekannt, dass Briefe, die unfrankiert in den Kasten kommen, einer besonderen Prüfung unterzogen werden. Es wird darüber eine Liste auf dem Hauptpostamt geführt. Ich habe bei der Gelegenheit übrigens feststellen können, dass der Brief die Adresse Daniela McCartney, hauptpostlagernd trug. Nun ist diese Adresse kein großes Gebäude, wie Sie vielleicht nach dem großartigen Namen annehmen könnten, sondern eine kleine Vorstadtvilla in der Nähe von Blankenese. Ich habe einen Beamten hingeschickt, damit dieser Nachforschungen anstellen konnte, aber unglücklicherweise ist es ihm nicht gelungen, den Brief in seinen Besitz zu bringen. Es scheint, dass das Postamt den Auftrag hat, alle Briefe, die dort für Daniela McCartney ankommen, umzuleiten.

Und welche Adresse hat sie Ihrer Meinung nach wohl dort angegeben?«

»Die von Martin Wolters'?«, vermutete Erwin.

»Nein, jetzt haben Sie das erste Mal unrecht«, erwiderte Kommissar Thalheimer.

»Nein, Erwin, die Sache ist nicht so plump arrangiert. Marseille, hauptpostlagernd. Was sagen Sie dazu? Wie kamen Sie übrigens auf die Annahme, dass der Brief nicht frankiert war?«

»Ich hatte eine Ahnung, dass er ein wichtiges Dokument enthielt, das die Dame nicht bei sich tragen durfte«, antwortete Erwin«, Sie steckte es in den Briefumschlag. Sie erinnern sich doch noch, dass wir eine große Menge solcher Umschläge auf dem Tisch sahen, als wir Mr. McCartney tot auffanden. Sicher hatte dieser alte Geizhals keine Briefmarken in der Wohnung, aber sie war ängstlich besorgt, das Schriftstück in Sicherheit zu bringen. Deshalb adressierte sie es an sich selbst und warf es in den ersten Briefkasten, den sie sah. Es ist aber eine sehr einfache Sache, den Brief zu bekommen. Sie brauchen doch nur Ihren Agenten in Marseille zu beauftragen, ihn von der Post abzuholen.«

»Das erscheint Ihnen zu einfach, Erwin. Der Brief wurde aber gestern Abend aufgegeben und ging heute Morgen mit der Post ab. Auf jeden Fall wollen wir einmal den Versuch machen. Vielleicht gelingt es uns. Ich habe an meinen guten Freund in Marseille angerufen, und wenn irgendjemand den Brief aus der Post herausholen kann, dann ist er es. – Ihre Freundin kommt aber spät.«

Der Kommissar sah auf die Uhr.

»Was wollen Sie übrigens mit Frieda McCartney machen?«

»Sie muss mit dem nächsten Schiff nach Amerika zurückfahren«, erklärte Erwin. »Sobald Daniela McCartney an die Öffentlichkeit tritt und ihre Erbschaft einkassiert, werde ich Frieda einen Heiratsantrag machen.«

»Aber warum denn nicht schon früher?«, fragte Kommissar Thalheimer.

»Weil immer noch etwas dazwischenkommen kann und Frieda vielleicht doch noch die Erbin wird.«

»Aber zum Kuckuck, was macht denn das aus? Sie sind doch nicht so voreingenommen, dass sie sich durch die finanzielle Lage des jungen Mädchens daran hindern lassen, mit ihr glücklich zu werden?«, kam es ärgerlich aus Thalheimer heraus.

»Aber – aber – wenn sie reich ist – und ich arm bin –«,

Erwin wurde vom Kommissar unterbrochen.

»Ach, das ist pure Eitelkeit, weiter nichts. Ich weiß nicht, warum die jungen Leute von heute so blöd sind. Wenn Sie reich wären und Frieda McCartney arm, und wenn Sie als Märchenprinz daherkämen, um sie als Aschenbrödel aus dem Staub zu sich zu heben, dann würde Ihnen das so passen. Ich, habe noch niemals verstanden, warum das Vermögen bei der Ehe immer nur auf einer Seite vorhanden sein soll. So arm ich bin, hoffe ich doch immer, dass ich noch einmal die Aufmerksamkeit eines wunderschönen jungen Mädchens mit zwei dunklen, märchenhaften, melancholischen

Augen auf mich ziehen werde, die mindestens ein Vermögen von drei Millionen besitzt.«

»Nein, Sie verstehen nicht, wie ich es meine«, entgegnete Erwin nachdenklich.

»Ich verstehe Sie nur zu gut«, antwortete der Kommissar. »Glauben Sie, dass Sie niemand versteht, weil Sie auch an einer Kinderkrankheit leiden, die alle einmal durchgemacht haben? Gehen Sie doch frischweg zu ihr hin und sagen Sie ihr, Sie lieben sie, und Sie können nicht anders, und Sie müssen sie heiraten.«

Kommissar Thalheimer redete lachend weiter: »Wenn ich das Glück hätte, eine Millionärin zu heiraten, auch wenn sie achtzig Jahre alt und sexuell versaut wäre, sowie noch zusätzlich unter Mundgeruch leidet und einen künstlichen Darmausgang hat, würde ich zugreifen, Erwin.«

Erwin verstand diesen Scherz nicht.

»Um Himmels willen, seien Sie jetzt ruhig«, sagte Erwin aufgeregt. »Da kommt sie.«

Frieda McCartney ging durch die Hotelhalle, und Erwin war wieder ganz verzaubert von ihr.

Die Unannehmlichkeiten und Aufregungen der letzten vierundzwanzig Stunden hatten sie aber doch mitgenommen. Sie sah müde aus, und dunkle Schatten lägen unter ihren Augen.

Selbst der alte, zugeknöpfte, zynische Kommissar musste zugeben, dass sie eine schöne Erscheinung war.

Plötzlich blieb sie regungslos stehen, als sie den Polizeibeamten sah, und errötete.

»Ich möchte Ihnen einen sehr guten Freund vorstellen, Frieda«, sagte Erwin. »Kommissar Thalheimer hat Sie zwar zuerst verhaftet, aber dann hat er den größten Teil der Nacht damit zugebracht, einiges entlastendes Material für Sie herbeizuschaffen.«

»Dafür bin ich Ihnen sehr dankbar, Herr Kommissar«, erwiderte sie und reichte ihm die Hand. »Aber es war ein entsetzliches Erlebnis für mich, und die Erinnerung daran ...«

»Ich weiß es«, erwiderte Kommissar Thalheimer. »Sie müssen einen bösen Schock bekommen haben, aber glauben Sie ja nicht, dass es mir Freude macht, hübsche junge Damen festzunehmen und in den Kerker zu werfen. Nein, ganz im Gegenteil.«

Sie gingen zusammen in den Speisesaal des Hotels und nahmen an einem reservierten Tisch Platz.

»Ich möchte Sie noch etwas fragen«, sagte der Kommissar.

Sie sah ihn argwöhnisch an.

»Ich hoffe, Sie sind nicht in amtlicher Eigenschaft hierhergekommen, um mich einem intensiven Verhör zu unterziehen?«

»Daran lässt sich leider nichts ändern. Sowohl Erwin wie ich haben nun einmal einen Beruf, der uns zwingt, an alle möglichen Leute alle möglichen Fragen zu richten. Das ist der einzige Weg, Dinge ausfindig zu machen. Aber beruhigen Sie sich nur, ich werde nicht viele Fragen an Sie stellen. Nur drei brauchen Sie mir zu beantworten. Erstens:

»Hatte Ihr Onkel Briefmarken im Hause?«

»Nein, das war auch so eine Eigenart von ihm. Das Geld für Briefmarken tat ihm immer zuleid. Auf keinen Fall wollte er sich Marken auf Vorrat hinlegen. Wenn er einen Brief absenden wollte, musste einer aus dem Haushalt zur Post gehen und bekam dann nur so viel Kleingeld mit, wie das jeweilige Porto ausmachte.«

»Das stimmt ja mit seinem sonstigen Charakter vorzüglich überein. Nun kommt die zweite Frage: Sie haben doch Schreibmaterial für Ihren Onkel auf den Tisch gelegt. Haben Sie auch Briefumschläge dazugetan? Ich sah sie nämlich in seinem Zimmer.«

»Ja«, sagte sie und nickte.

»Haben Sie auch einen Füllfederhalter bereitgelegt?«

»Nein«, erwiderte sie, nachdem sie kurze Zeit nachgedacht hatte. »Nur einen Bleistift. Mein Onkel hat selten mit Tinte geschrieben.«

»Gut. Und doch stand eine kleine Flasche Tinte bei dem Papier, als ich ins Zimmer ging. Und jetzt ergibt sich für uns eine weitere Frage. In dem Zimmer wurde ein Zettel gefunden, auf dem Ihr Onkel mit Bleistift etwas notiert hatte. Darauf stand auch der Name des Schiffes der American-Star-Linie. Weiterhin war der Hafen erwähnt, wo die Schiffe dieser Gesellschaft anlegen. Dieses Schiff ist auf der australischen Route eingesetzt. Kennen Sie vielleicht jemand, der etwas mit Australien zu tun hat oder der Ihren Onkel gebeten hat, ihm tausend oder dreitausend Euro zu leihen, um damit nach Australien reisen zu können? Dann stand auch noch eine Nummer auf dem Papier: 1 – 13915 –«.

»Jetzt habe ich es«, rief Erwin, der bis jetzt geschwiegen hatte, aufgeregt. »Sehen Sie den Zusammenhang noch nicht?«

Frieda und der Kommissar sahen Erwin erstaunt an.

Erwin erhob sich halb von seinem Stuhl. »Erinnern Sie sich nicht an die Akte von Daniela Hoppe? Sie haben doch ihre Karte im Archiv gesehen – das ist ihre Nummer im Strafgefängnis. Dahinter stand noch das Wort ›Gift‹ –«.

Er sah Kommissar Thalheimer erwartungsvoll an.

»Was hat das Wort ›Gift‹ zu bedeuten?«, fragte er dann.

»Das ist die kurze Bezeichnung des Verbrechens, das Daniela Hoppe begangen hat. Sie wurde lebenslänglich zu fünfzehn Jahren Gefängnis verurteilt, weil sie ihren früheren Mann mit Gift ums Leben gebracht hat.«

Erwin holte tief Luft und sank in seinen Stuhl zurück.

»Dann war es also Daniela Hoppe, die meinen Onkel besuchte?«, fragte Frieda entsetzt und starrte den Kommissar mit weitgeöffneten Augen an. »Und sie hat sich schon einmal einen Giftmord zuschulden kommen lassen. Dann muss sie doch die Täterin sein –«.

Im Augenblick sprach alles dafür – aber die Annahme Frieda McCartneys stimmte nicht mit dem überein, was der Kommissar vermutete. Auch Erwin war anderer Meinung.

»Herr Kommissar, ich kann es nicht recht glauben, dass diese Frau das Verbrechen begangen haben soll. Es ist wohl ein merkwürdiges Zusammentreffen, das sie eine der letzten Personen war, die ihn lebend sahen, aber nach allem, was wir wissen, ist sie doch in bestem Einvernehmen von dem alten Mann geschieden. Verstehen Sie denn noch nicht? McCartney wollte sie fortschicken. Er half ihr, nach Australien zu gehen. Sie muss ihm etwas Wichtiges mitgeteilt haben, und dafür verlangte sie eine große Geldsumme. Wenn ich die Zahlen auf dem Papier richtig beurteile, hat sie mit ihm um die Höhe des Betrages gehandelt. McCartney hat ihr tausend Euro geboten und die Summe allmählich auf dreitausend Euro erhöht.«

»Und auch eine Adresse war darauf vermerkt: Hauptpostlagernd. Außerdem muss sie ihm Einzelheiten aus ihrem Leben erzählt haben – er hat ihre Nummer als Strafgefangene notiert. Die Zahl 15 bedeutet die fünfzehnjährige Gefängnisstrafe. Jetzt löst sich alles mit einmal spielend auf. Warum sollte sie ihn denn umbringen, wenn er ihr helfen wollte?«

Kommissar Thalheimer biss sich auf die Lippen und antwortete schnippisch:

»In allem, was Sie gesagt haben, Erwin, liegt ein großer Teil Wahrheit, aber das ist noch nicht die ganze Geschichte. Es bleiben noch mehrere Lücken, die gefüllt werden müssen. Sie wäre nicht zu McCartney gegangen, um ihr Geheimnis zu verkaufen, wenn sie nicht allen Grund gehabt hätte, sofort das Land zu verlassen. Vermutlich wollte sie das Geld dringend haben, und es ist sehr unwahrscheinlich, dass sie es sofort bekommen hat, denn McCartney hatte niemals größere Summen im Haus. Habe ich recht, Frau McCartney?«

Das junge Mädchen nickte.

»Mein Onkel hat es immer vermieden, auch nur kleinere Beträge in der Wohnung aufzubewahren. Wenn er Geld brauchte, ging er zur Sparkasse.«

»Die Unterredung zwischen den beiden fand zu einer so späten Stunde statt, dass die Banken schon geschlossen waren«, fuhr Thalheimer fort. »Sie konnte das Geld frühestens am nächsten Tag ausgezahlt bekommen. Warum sollte sie ihn also vergiften? Das wäre doch gar nicht in ihrem Interesse gewesen. Und warum sollte sie mit dem Vorsatz in seine Wohnung gekommen sein, ihn zu ermorden? Nein, die Erklärung des Mordes stimmt nicht.«

»Ach, das ganze Verbrechen ist entsetzlich und grauenhaft. Ich mag nichts mehr davon hören«, meinte Frieda und schauderte zusammen.

»Aber es ist doch furchtbar interessant«, sagten Erwin und Kommissar Thalheimer zu gleicher Zeit.

Nach einigen Jahren, die Erwin insgesamt mit Beobachten und Zuhören verbracht hatte, glaubte er fest daran, dass niemand seinem Charakter zuwider handelte. Was die meisten Menschen als Charakter ansahen, ist eine Ansammlung oder der Mangel von gewissen gesellschaftlichen, anerzogenen und materiellen Werten, war meistens nur die Oberfläche. Der wahre Charakter offenbart sich erst, wenn all die erworbenen Eigenschaften abgelegt wurden.

Erwin Müller war überzeugt, dass jeder Mensch zu allem fähig war. Eigenartig, aber diese Erkenntnis deprimierte ihn überhaupt nicht. Erwin hielt seine Sichtweise nicht einmal für unmöglich, sondern nur für die gesunde, vernünftige Einstellung eines erfahrenen Detektivs.

Trotzdem haben sich in den letzten Tagen einige Dinge getan, die dem Onkel von Frieda nicht zugetraut wurden. Und das war in der Tat eigenartig.

***

12

Für den Rest des Tages stellte Erwin auf eigene Faust Nachforschungen über den weißen Schrank aus dem Keller von Martin Wolters an. Der Polizei war es nicht gelungen, die Sache aufzuklären, sie hatte die Spur verloren, und man konnte nicht feststellen, auf welche Weise das Möbelstück aus Hamburg fortgeschafft worden war. Keiner der Beamten hatte auch nur eine Spur finden können. Selbst eine Umfrage bei den verschiedenen Spediteuren, die Lastkraftwagen verwendeten, hatte keinen Erfolg. Die Anzahl der in Betracht kommenden Firmen war so groß, dass die Polizei unmöglich alle Leute fragen konnte.

Die Verhandlung der Totenschau wurde vertagt. Thalheimer machte sich die günstige Gelegenheit zunutze und stellte während der Verhandlung ein paar Fragen an Martin Wolters.

»Sie wollen wissen, wo mein Landhaus liegt? Nun, das hat einen sehr hochtönenden Namen, ist aber nur eine bescheidene Villa in einem nicht allzu großen Garten. Es liegt direkt am Elbdeich, und man kann es sehr leicht finden.« Er sah den Kommissar nachdenklich an.

»Wollen Sie mir vielleicht offen sagen, warum Sie sich so sehr für mein Privateigentum interessieren, Herr Kommissar?«

»Ja, ich will ganz offen zu Ihnen sein, Herr Wolters«, erwiderte der Kommissar und lächelte.

»Ich möchte noch einmal diesen weißen Schrank sehen, denn ich bin der Ansicht, dass die Einbrecher ihren Namen und ihre Adresse auf der glatten Oberfläche zurückgelassen haben.«

»Mit anderen Worten«, erwiderte Martin Wolters, »Sie suchen nach Fingerabdrücken. Es tut mir sehr leid, dass ich den blutigen Flecken von der Wand entfernt habe, aber wenn Sie glauben, die Untersuchung des Schrankes könnte Ihnen weitere Anhaltspunkte geben, dann will ich Ihnen nichts in den Weg legen. Fahren Sie doch zu meinem Landhaus und lassen Sie sich das Möbelstück zeigen.«

Wenn Sie wollen, fahre ich Sie hin.«

»Ich danke Ihnen für Ihr liebenswürdiges Angebot, aber ich habe selbst einen Wagen und werde damit hinfahren.«

Erwin begleitete den Kommissar. Als sie ankamen, fanden sie das Haus doch etwas größer und stattlicher, als man nach den Worten von Martin Wolters hätte annehmen können. Es lag in einiger Entfernung von der Straße hinter großen Bäumen versteckt – ein altes, schönes Gebäude aus dem sechzehnten Jahrhundert, nicht allzu groß, aber sehr bequem und luxuriös eingerichtet, mit einem fantastischen Blick auf die Elbe. Ein Hausverwalter und seine Frau waren die einzigen

Dienstboten, die das Haus in Ordnung halten mussten. Der Verwalter bestätigte auch sofort, dass ein weiß gestrichener Schrank bei ihm abgeliefert worden sei.

»Ja, das Möbelstück wurde ziemlich spät gestern Abend hergebracht. Ich hatte mich schon hingelegt und musste noch einmal aufstehen. Übrigens hat es Herr Wolters persönlich hergeschafft. Ich weiß nicht, was an dem Schrank sein soll, er sieht recht gewöhnlich aus. Herr Wolters machte viele Umstände damit, es lag ihm daran, dass der Schrank hier eingestellt wurde, da er für ihn einen ziemlichen Wert repräsentiere. Ich habe mich schon darüber gewundert, warum er das Stück nicht als Frachtgut hierhergehen ließ. Das habe ich auch zu meiner Frau gesagt.«

»Gestern Abend spät wurde der Schrank also bei Ihnen abgeliefert?«, fragte Erwin nachdenklich. »Er ist doch in aller Frühe von Hamburg fortgeschickt worden. Ein etwas sehr langer Transport. Nun, sehen wir uns dieses seltsame Stück einmal an.«

Der Verwalter führte sie zum Arbeitszimmer. Alle Möbel waren mit Bezügen versehen, und in der einen Ecke stand auch der weiße Schrank.

Es war ein einfaches Möbelstück, aber der Kommissar und Erwin betrachteten es eingehend.

»Waren Sie hier in dem Zimmer, als er hereingebracht wurde?«

»Ja.«, antwortete der Hausverwalter.

»Haben Sie gesehen, wie der Schrank geöffnet wurde?«

»Jawohl«, erwiderte der Verwalter erstaunt.

»Was, er wurde in Ihrer Gegenwart aufgemacht?«, fragte Erwin.

Das widerlegte allerdings die Annahmen, die sich die beiden unabhängig voneinander gebildet hatten.

»Was war denn darin enthalten?«, fragte Kommissar Thalheimer.

»Nichts. Er war genauso, wie Sie ihn jetzt vor sich sehen.«, antwortete der Hausverwalter erneut.

Der Verwalter drehte den Schlüssel herum und öffnete die Tür. Das Innere war vollkommen glatt, ohne die geringsten Zeichen von Gebrauch. Wenn Daniela McCartney freiwillig oder unfreiwillig in dem Schrank versteckt gewesen war, konnte man jedenfalls keine Spur davon finden.

»Nun, damit sind wir geschlagen«, sagte Erwin enttäuscht.

»Was dachten Sie denn?«, fragte der Kommissar.

»Wahrscheinlich dasselbe wie Sie«, antwortete Erwin. »Schließen Sie die Tür, ich möchte mir das Stück noch einmal genauer ansehen.«

Diesmal gab er sich mehr Mühe, und als er fertig war, nahm er den Kommissar am Arm und verließ mit ihm das Zimmer.

»Donnerwetter, beinahe hätte ich mich hinters Licht führen lassen.«

»Ja, ich weiß auch nicht, was ich sagen soll«, entgegnete Erwin verwundert. »Haben Sie denn etwas herausbekommen?«

»Das ist doch gar nicht der Schrank, der unten im Haus von Martin Wolters stand.«

»Woher wollen Sie denn das wissen?«

»Aus einem sehr guten Grund. Unser Freund hat doch einen Pfeil auf mich abgeschossen. Der flog dicht an meinem Kopf vorüber und blieb in der Tür des Schrankes stecken. Ich habe nun die Oberfläche genau untersucht, es lässt sich aber keine Stelle finden, an der der Pfeil eingedrungen sein könnte.«

»Wissen Sie denn genau, dass der Pfeil ins Holz eindrang?«, fragte der Kommissar.

»Ob er stecken blieb, weiß ich nicht. Jedenfalls muss aber die Metallspitze des Pfeils gegen die Türfläche geprallt sein, und dabei wurde die glatte Farbschicht irgendwie verletzt. Ich hörte doch, dass der Pfeil dagegen schlug.«

Erwin strich leicht mit der Hand über die Fläche.

»Ja, das stimmt, ich habe es auch gehört«, pflichtete der Kommissar bei. »Sie haben recht, der Pfeil muss irgendwo gelandet sein. Und da Sie vor dem Schrank standen, bleibt uns nichts anderes übrig. Wenn Martin Wolters tatsächlich das ist, wofür wir ihn halten, hat er natürlich vorausgeahnt, dass wir nach dem Verbleib des Schrankes forschen würden. Deshalb ist er einfach fortgegangen und hat einen anderen gekauft. Die Tatsache, dass dieses Möbelstück erst spät gestern Abend ankam, ist genügend Beweis dafür. Dieser Wolters ist ein schlauer Kerl – er beschafft sich immer gleich im Voraus ein Alibi. Diesen Tag haben wir tatsächlich verloren.« »Das würde ich noch nicht sagen«, meinte Erwin, und machte sich auf der Rückseite eines Briefumschlages eifrig Notizen.

»Für Sie mag es allerdings verlorene Zeit gewesen sein, denn Sie wollen ja keine Riesengeschichte darüber schreiben, Herr Kommissar.«

Es war schon spät am Abend, als sie Richtung Stadt zurückfuhren, aber als sie ankamen, wurde Thalheimer im Hauptkommissariat eine Nachricht überreicht. Er machte sich auf den Weg zu Erwin. Die beiden hatten sich in der Stadt getrennt, Erwin war zu seinem Hotel zurückgegangen, wo er noch auf seinem Zimmer arbeiten wollte. Man hörte von draußen das unermüdliche Klappern seiner Computertastatur, und als Thalheimer eintrat, sah er, dass der Boden über und über mit Schreibpapier bedeckt war.

»Erwin, seien Sie jetzt endlich vernünftig und jagen Sie nicht immer so hinter dem schnöden Mammon her. Hören Sie zu, ich habe eine Neuigkeit. Der Brief wurde in Marseille aufgegeben. Eben erhielt ich eine Nachricht von der dortigen Polizeidirektion, in der man mir mitteilte, dass der Brief tatsächlich abgefangen worden ist und uns als Einschreiben zugehen wird. Er muss übermorgen in Hamburg eintreffen. Ich habe sofort per Email verschiedene Instruktionen nach Marseille durchgegeben, aber ich weiß nicht, ob man sich dort danach gerichtet hat.«

Erwin lehnte sich in seinem Stuhl zurück und nickte.

»Wenn wir den Brief haben, kommen wir sicher ein gutes Stück weiter. Wie steht es aber mit Wolters?«

»Ich habe den Befehl gegeben, ihn ständig zu beobachten. Wir lassen ihn nicht mehr ohne Weiteres umherlaufen, bis wir den Fall aufgeklärt haben. Es ist allerdings möglich, dass wir ihm ein großes Unrecht antun. Und wie sieht es denn hier aus? Hat Miss McCartney ihre Rechtsanwälte heute aufgesucht?«

Erwin nickte und machte ein trauriges Gesicht.

»Sie hat sowohl englische als auch amerikanische Anwälte kontaktiert, aber alle haben übereinstimmend erklärt, dass McCartneys ganzes Vermögen an seine Frau ginge, da er verheiratet war und ohne Testament starb. Es ist ganz gleich, welche Verbrechen sie auch begangen haben mag. Es hat auch keinen Zweck, die Rechtmäßigkeit der Ehe anzuzweifeln.«

»Sie hat zwar einen falschen Namen angegeben«, sprach Erwin weiter, »und es ist auch möglich, dass die beiden sagten, sie seien dort ansässig, um in so kurzer Zeit heiraten zu können. Aber das sind alles Gründe, mit denen man eine Nichtigkeitsklage nicht durchbringen kann. Es bedeutet nur, dass sich einer oder beide schuldig gemacht haben und deshalb bestraft werden können. Der alte McCartney ist aber tot, und bei ihr machen ein paar Tage Gefängnis mehr oder weniger nichts aus. Das ist die rechtliche Lage«, erklärte Erwin gut gelaunt. »Dann steigen also Ihre Chancen, Erwin«, sagte Kommissar Thalheimer ironisch. »Sie scheinen ja sehr vergnügt zu sein.«

Der Kommissar lächelte.

»Warum sollte ich denn nicht vergnügt sein? Natürlich tut es mir furchtbar leid, dass sie das Vermögen verliert, aber dadurch gewinne ich. Und ich weiß wirklich nicht, was ich mir in ihrem Interesse wünschen soll.«

»Verliebtheit«, erklärte Thalheimer ernst, »ist eine der schlimmsten Krankheiten. Man könnte fast in Versuchung kommen, derartig verliebte Leute in eine psychiatrische Klinik zu stecken.«

»Machen Sie die Tür von außen zu«, erwiderte Erwin höflich. »Sie stören mich hier in Ausübung meiner literarischen Tätigkeit.«

Nachdem der Kommissar gegangen war, arbeitete Erwin noch eine halbe Stunde weiter, dann sammelte er die Bogen von der Erde auf und schloss sie in einer Schublade ein. Nachdem er seine Jacke angezogen hatte, ging er den Korridor entlang, bis er zu dem Raum kam, den Frieda als Wohnzimmer innehatte. Als er klopfte, kam sie an die Tür.

»Ich bin müde von der Arbeit«, sagte Erwin», wollen wir noch einen kurzen Spaziergang machen?«

Draußen war es warm, und die Sterne funkelten am Himmel. Selbst die kleinen Anlagen mitten in dem großen Steinmeer Hamburgs atmeten Frieden und Ruhe.

Lange Zeit gingen sie schweigend nebeneinander her, bevor Erwin zu sprechen begann.

»Frieda, sind Sie davon wirklich fest überzeugt, dass die Rechtsanwälte sich nicht irren?«

»Ja, Erwin. Aber warum fragen Sie?«, entgegnete sie erstaunt. »Die Antwort, die ich erhielt, war so klar und präzise wie nur irgend möglich. Die Bestimmungen im amerikanischen Erbrecht sind fast genau dieselben wie in England oder in Deutschland. Ich habe überhaupt keine Möglichkeit, auch nur auf einen Teil der Erbschaft zu klagen, und ich möchte von dem Geld auch nichts anrühren. Nur meine Mutter macht mir Sorgen. Wenn mein Onkel ihr wenigstens eine kleine Rente vererbt hätte.«

»Also sind Sie wirklich ohne Vermögen?«

»Ja, Erwin. Das habe ich Ihnen doch schon so oft gesagt. Warum fragen Sie mich denn immer wieder?«

Erwin versuchte zu sprechen, aber er war nicht dazu imstande. Erst nach einiger Zeit räusperte er sich umständlich, aber als er sprach, klang seine Stimme immer noch heiser.

»Frieda, ich glaube, dass ich bald sehr viel Geld verdienen werde. Graham Whitfield wird mir ja nicht gerade eine Million Dollar für die Aufklärung des Verbrechens zahlen, aber immerhin wird es schon eine runde Summe werden. Abgesehen davon habe ich auch selbst etwas Vermögen, und ich kann bestimmt ein paar hundert Dollar in der Woche verdienen, wenn ich erst richtig in Fahrt bin.«

»Ja, Erwin?«, erwiderte sie in einem Ton, als ob sie über eine Sache sprächen, für die sie sich notgedrungen interessieren müsste.

»Frieda, Sie haben mir neulich einmal gesagt, dass Sie mich nicht liebten, und offen gestanden glaube ich auch, dass Sie mich überhaupt nicht lieben.«

»Wie kommen Sie nur auf den Gedanken, dass ich Sie überhaupt nicht liebe?«, fragte sie unlogischer weise.

»Sie sagten doch ... Es scheint einfach nicht möglich zu sein.«

»Sie meinen, dass ich Sie liebe?«, fragte sie naiv. »Erwin, es ist nicht nett, dass Sie so etwas sagen.«

»Ich wollte es Ihnen doch nur erklären«, erwiderte er und wurde über und über Rot. »Es ist doch ganz klar, dass Sie einen Mann wie mich nicht gern haben können.«

»Warum nicht? Ich halte Sie für einen lieben und guten Charakter, und wenn ein junges Mädchen einen solchen Mann nicht mag, dann ist das ein großes Armutszeugnis für sie selbst.«

Sie kamen sich langsam und vorsichtig näher, misstrauisch, ängstlich aber unaufhaltsam, auf eine Weise, mit der sie nicht gerechnet hatten.

Erwin wurde es heiß, er konnte kaum noch sprechen. Er empfand es als unfair, jetzt die Lage auszunutzen, und er war sehr böse auf sich, dass er sich plötzlich selbst in eine Situation gebracht hatte, in der er nicht mehr ein noch aus wusste.

»Frieda«, brachte er schließlich hervor, »ich meinte vorhin nicht nur gern haben, sondern heiß und aufrichtig lieben. Ich meinte, dass Ihre Liebe stark genug wäre, mich zu heiraten.«

»Ja, Erwin«, sagte sie leise.

»Sehen Sie, das meine ich«, fuhr er fort und bekam Mut, als er sah, dass sie verlegen wurde.

»Ich meine eine solche Liebe, die zur Ehe führt.«

Es folgte eine längere Pause.

»Also nehmen wir einmal an, dass sie – ihn liebt«, erwiderte sie schließlich. »Ist sie dann auch verpflichtet, ihm einen Heiratsantrag zu machen?«

Erwin wusste sich im Augenblick nicht zu helfen.

»Nein, das nicht«, sagte er endlich. »Wenn Sie mich lieben, dann sagen Sie nur: Erwin, ich will es versuchen.«

»Wann soll ich das sagen?«, murmelte Frieda.

»Ich meine, wenn ich Sie bäte, mich zu heiraten, weil ich Sie mehr liebe als alles andere auf der Welt, dann müssten Sie sagen –«.

Sie legte beide Hände auf seine Schultern.

»Aber warum sagst du es mir nicht gleich?«, flüsterte sie. »Fällt es dir denn so schwer?«

Erwin nahm sie glückstrahlend in die Arme ...

Eine Stunde später fand Erwin wieder zur harten Wirklichkeit zurück, als er beinahe von einem Taxi überfahren worden wäre.

»Ach, es ist alles so herrlich«, sagte sie. »Ich weiß immer noch nicht, ob ich wache oder träume ... Aber Erwin, glaubst du nicht, dass ich dich in deinem Beruf stören werde?«

»Du sollst mich stören?«, erwiderte Erwin begeistert. »Frieda, Deine Liebe macht mich glücklicher, als ich jemals war, und ich freue mich ja so sehr – dass Du die Erbschaft nicht bekommst, sonst hätte ich niemals den Mut gefunden, Dir einen Antrag zu machen.«

Sie drückte seinen Arm fest an sich. »Ich habe schon befürchtet, dass Du es nicht tun würdest, und der Gedanke war mir so peinlich, dass ich es Dir sagen müsste. Aber wenn nichts übrig geblieben wäre, hätte ich es trotzdem gewagt.«

Erwin sagte nichts mehr. Er war einfach glücklich.

***

13

Erwin saß behaglich auf einer Bank im nahegelegenen Park und nahm eben seine Schiebermütze ab.

»Hallo, Erwin.«, hörte er jemanden rufen.

Er sah sich nach dem Mann um, der ihn ansprach und sah nur noch eine Hand, die ihm aus einem Auto zuwinkte und einen grauen Hut schwenkte, außerdem das Ende einer langen Zigarre. Aus all diesen Anzeichen schloss er, dass es niemand anders sein konnte als Graham Whitfield. Das Auto bremste, der Versicherungs- und Zeitungsboss lehnte sich über den Rand des Wagens und streckte Erwin die Hand entgegen.

»Es ist ja alles im Fluss«, sagte er. »Ich bin Ihnen äußerst dankbar, dass Sie die ersten Nachrichten vom Selbstmord des alten McCartney an mich geschickt haben. Aber was steckt denn dahinter?«

Erwin zwinkerte ihm zu.

»acht Kapitel meiner Riesengeschichte haben sich schon abgespielt, Mr. Whitfield. Ich weiß nur noch nicht, in welchem Kapitel ich die Enthüllung bringen soll.«

Graham Whitfield war trotz seiner äußeren Ruhe und Behaglichkeit doch ein sehr tüchtiger Zeitungsmann. Er hatte sich von unten emporgearbeitet und kannte das Zeitungsgeschäft.

Er nahm die Zigarre aus dem Mund und sah Erwin durchdringend an.

»Ich habe tatsächlich das Gefühl, dass Sie dabei sind, eine Riesengeschichte zu schreiben. Selbstmord kann das doch wohl nicht sein, oder?«

»Lesen Sie später in Kapitel sechs nach, wenn Sie die Geschichte bekommen«, antwortete Erwin.

»Sollte ich in Paris sein, wenn Sie Ihre Geschichte beenden, dann schicken Sie sie mir nicht zu. Senden Sie mir nur eine Nachricht, dann komme ich sofort per Flugzeug nach Hamburg, Ich werde Ihnen natürlich nicht eine Million Dollar dafür zahlen, denn ich will nicht erleben, dass mich die Leute für verrückt halten.«

»Aber mit einem glänzenden Honorar können Sie rechnen,« fügte er hinzu.

»Schön, ich werde, meine Rechnung danach einrichten, es brauch ja keiner davon wissen Mr. Whitfield.«

»Kann ich etwas tun, um Ihnen zu helfen?«

Erwin dachte einen Augenblick nach.

»Ist Ihre Frau in Paris?«

»Nein, sie ist im Augenblick in Hamburg, und zwar mit unseren beiden Töchtern. Aber warum fragen Sie?«

»Sehen Sie, es ist eine junge Dame in diesen Fall verwickelt.«

»Ach, meinen Sie die Nichte des alten McCartney? Aber warum werden Sie denn so furchtbar rot, Erwin? Sie wollen doch nicht etwa die Riesengeschichte heiraten?«

»Nein, selbstverständlich heirate ich nicht die Geschichte«, erwiderte Erwin. »Aber ich wäre Ihrer Frau sehr zu Dank verpflichtet, wenn sie sich Frieda McCartneys annehmen würde. Sie steht ganz allein vor dem Durcheinander mit ihrem Onkel in Hamburg und hat kaum Damenbekanntschaften, die sie unterstützen könnten.«

»Ich werde das Auto zu ihrer Wohnung schicken. Wo ist sie augenblicklich? Meiner Frau wird es Freude machen, ihr zu helfen.«

Plötzlich sah er Erwin an.

»Ist das Mädchen am Ende irgendwie in Gefahr?«, fragte er schnell.

Erwin nickte.

»Ich weiß nicht, was es ist, und ich kann auch keine Gründe dafür angeben, aber ich habe das Gefühl, dass sie sich in großer Gefahr befindet. Hier ist ihre Adresse.«

Er schrieb sie auf ein Blatt seines Notizbuches und gab den Zettel seinem früheren Chef.

»Heute Nachmittag um zwei werde ich den Wagen schicken, ist es so recht? Meine Frau oder auch meine Töchter werden sie im Hotel abholen.«

Erwin schüttelte Whitfield dankbar die Hand und setzte sich beruhigt wieder auf seine Bank. Den Morgen hatte er gut verbracht. Eine der Hauptschwierigkeiten, die ihm Sorge bereiteten, war nun aus der Welt geschafft.

Er musste zu Frieda gehen, ihr erzählen, was er getan hatte, und vor allem ihre Einwilligung einholen. Es gab noch eine Menge zu tun, außerdem hatte er eine Verabredung zum Mittagessen mit Kommissar Thalheimer. Und er wusste, dass er viel ruhiger und besser arbeiten konnte, wenn sich Frieda in Sicherheit befand. Er fuhr sofort mit einem Taxi zum Hotel und schickte einen Pagen zu ihrem Zimmer. Aber der kam zurück und sagte ihm, die junge Dame sei vor einer halben Stunde ausgegangen.

Erwin wartete, bis es Zeit war, zu Tisch zu gehen, und bat Kommissar Thalheimer dann telefonisch, zu ihm ins Hotel zu kommen. Aber als der Kommissar in die Hotelhalle trat, war Frieda immer noch nicht angekommen.

»Vielleicht speist sie heute außerhalb?«, meinte der Kommissar.

Erwin schüttelte den Kopf.

»Sie hat mir ausdrücklich versprochen, mich vor dem Essen zu treffen, und ich weiß, dass sie ihre Verabredung mit mir unter allen Umständen einhalten wird – besonders unter den jetzigen Umständen«, fügte er hinzu.

Der Kommissar fragte nicht, was Erwin damit meinte, aber er erriet, was es zu bedeuten hatte.

»Haben Sie etwas Neues erfahren?«, fragte Erwin.

»Ich sammle Material, damit Sie eine schöne Geschichte schreiben können. Der eingeschriebene Brief muss übrigens morgen hier eintreffen. Allem Anschein nach hat jemand von Hamburg aus Wolters Agenten in Marseille ebenfalls per Email angewiesen, den Brief in Empfang zu nehmen. Die Polizei hat den Betreffenden sofort verhaftet, aber das geschah so spät, dass er die

Möglichkeit hatte, vorher noch entsprechend nach Hamburg zu telefonieren. Die französische Polizei ist überhaupt furchtbar langweilig. Es dauert eine Ewigkeit, bis die sich in Bewegung setzt. Als sie dann den Mann schließlich hinter Schloss und Riegel hatten, war das Unglück schon geschehen. Er verweigert jede Aussage darüber, wer sein Auftraggeber hier in Hamburg ist. Aber das macht ja weiter keine Schwierigkeiten, denn ich weiß es.«

»Es ist bestimmt Wolters?«

Kommissar Thalheimer nickte.

»Das unterliegt nicht dem geringsten Zweifel.«

»Haben Sie noch etwas Neues von Daniela McCartney gehört?«

»Nein. Die Polizei in Marseille hat telegrafiert, dass sie dort nicht anwesend sei. Sie ist auch in keinem Hotel an der Riviera als Gast eingetragen. Wir können ohne Weiteres annehmen, dass sie Deutschland niemals verlassen hat – vielleicht ist sie überhaupt nicht von Hamburg fortgekommen.«

»Ich möchte Sie übrigens noch warnen, Erwin. Ich erzähle Ihnen das nicht etwa, um Sie unnötig zu erschrecken, aber sorgen Sie vor allem dafür, dass Ihre Freundin nicht in Gefahr gerät.«

»Was meinen Sie damit?«

»Wenn sie von ihren Einkäufen heute Vormittag zurückkehrt, darf sie unter keinen Umständen mehr ausgehen, ganz gleich, wer sie einlädt. Auch nicht zu Theater, Konzert oder anderen Veranstaltungen, die junge Damen ohne Begleitung besuchen.«

»Vielleicht ist Gefahr im Anflug.«

»Sie haben mir noch nicht alles gesagt. Was halten Sie zurück, Thalheimer?«

Kommissar Thalheimer machte eine kurze Pause.

»Gut, ich werde es Ihnen sagen«, erwiderte der Kommissar leise. »Ich habe unserem Agenten in Marseille den Auftrag gegeben, den Brief zu öffnen und mir den Inhalt mitzuteilen.«

Erwin fragte nicht, aber sein Herz schlug schneller, und er wusste bereits, dass neue Unannehmlichkeiten und Sorgen für ihn auftauchen würden.

»Das Dokument, das der Brief enthielt«, fuhr Kommissar Thalheimer fort, »ist ein Testament, das Harry McCartney am Abend vor seiner Ermordung ausgefertigt hat. Und er hat darin sein ganzes Vermögen ohne Einschränkung seiner Nichte Frieda vermacht.«

Erwin taumelte zurück, als ob er einen Schlag erhalten hätte.

»Sie wollen mich doch nur auf den Arm nehmen«, sagte er heiser.

»Durchaus nicht. Das steht im Testament. Und was noch wichtiger ist, die Urkunde ist von Daniela McCartney gegengezeichnet.«

»Aber – aber«, stammelte Erwin.

Der Kommissar schüttelte den Kopf.

»Was das alles zu bedeuten hat, kann ich Ihnen im Augenblick nicht sagen. Ich kann es nicht einmal vermuten. Sie sind der einzige, der diese merkwürdige Unterhaltung rekonstruieren kann, die an dem Abend vor McCartneys Tod stattfand.«

»Ein Testament. Dann wird Frieda also doch noch eine reiche Frau?«

Erwin fuhr sich mit der Hand über die Stirn.

Kommissar Thalheimer sah, dass die Nachricht den jungen Mann mehr mitnahm, als er ursprünglich geglaubt hatte.

Schließlich fasste sich Erwin wieder.

»Ich kann natürlich nur Vermutungen aufstellen«, sagte Erwin, »aber ich denke mir den Hergang folgendermaßen: Aus Gründen, die wir noch erfahren werden, ging Daniela zu McCartneys Haus. Allem Anschein nach war er nicht ihr Gatte, sonst hätte sie das Testament überhaupt nicht unterschrieben. Wahrscheinlich hat sie ihm alles eingestanden und als Gegenleistung von ihm verlangt, dass er sie in Sicherheit bringen sollte. Vermutlich hat sie Australien vorgeschlagen. McCartney hat doch den Namen eines Schiffs aufgeschrieben, ebenso das Abfahrtsdatum und die Summe, die für die Reise notwendig war. Ich nehme an, dass sie ihm den Plan zu seiner Ermordung aufgedeckt hat, und ihre Mitteilung brachte ihn in solche Bestürzung, dass er kurz vor Toresschluss doch noch ein Testament machte, um die Intrigen der Gegenseite zu durchkreuzen und die anderen daran zu hindern, sich sein Geld anzueignen.«

»Es hängt alles zusammen«, stimmte Kommissar Thalheimer zu. »Glauben Sie, dass die Frau im Haus war, als das Verbrechen begangen wurde? Um ein Verbrechen handelt es sich doch zweifellos.«

Erwin nickte.

»Lassen Sie mich die Sache aufschreiben. Ich kann viel klarer denken, wenn ich einen Stift in der Hand habe.«

Erwin trat an einen Schreibtisch und bedeckte einen Bogen nach dem anderen mit seiner großen, klaren Schrift. Aber während er arbeitete, hatte er ständig das ungewisse Gefühl, dass ihm schweres Unglück drohte. Ja, er hatte im Unterbewusstsein die Empfindung, dass Frieda in Gefahr war. Aber trotzdem fesselte ihn seine Arbeit so sehr, dass sein Bleistift geradezu über das Papier flog, und nach und nach gelang es ihm, die Riesengeschichte zu rekonstruieren.

Der Kommissar hatte auf einem Stuhl neben ihm Platz genommen.

Seine Aufmerksamkeit teilte sich zwischen dem eifrig arbeitenden Erwin und der Schwingtür, die jeden Augenblick in Bewegung gesetzt werden könnte. Frieda McCartney war immer noch nicht zurückgekehrt.

»So, jetzt habe ich alles ausgearbeitet«, sagte Erwin schließlich. »Die Trauung war nur eine Schiebung. Eine Verheiratung Harry McCartneys hat gar nicht stattgefunden, das wurde von Martin Wolters nur so hingestellt. Er hat den ganzen Plan ausgedacht und zur Durchführung gebracht. In der Strafgefangenen Daniela, die ihm in den Weg kam, sah er die Frau, die er derartig unter Druck halten konnte, dass sie alles tat, was er wollte. Die konnte nicht zur Polizei gehen und ihn anzeigen. Ob er gleich von Anfang an die Absicht hatte, McCartney zu ermorden, oder ob er nur hoffte, dass der Millionär bald eines natürlichen Todes sterben würde, ist im Augenblick gleichgültig. Die Hauptsache ist, dass er eine Frau hatte, die er als Daniela McCartney ausgeben konnte. Ja, und – zum Donnerwetter, jetzt weiß ich es.«, rief Erwin plötzlich. »Wolters hat sie geheiratet, nicht McCartney.«

»Es ist ihm gelungen, McCartney für einen Tag unter irgendeinem Vorwand aus der Stadt zu locken, und von all den Standesbeamten hat er sich den ausgesucht, der nicht mehr lange leben konnte. Dazu gehörten natürlich unendlich langwierige Nachforschungen, aber Wolters hat eine unheimliche Geduld bei der Sache bewiesen. Daniela McCartney ist in Wirklichkeit Daniela Wolters.«

Der Kommissar nickte.

»Fahren Sie nur fort. Was ist sonst noch passiert?«

»Es klappt alles vorzüglich. McCartney starb an demselben Tag, an dem ich seine Trauungsurkunde ausfindig gemacht hatte. Wolters wusste, dass ich die Absicht hatte, den alten Mann zu besuchen, und damit ging sein Plan in die Brüche. Er hatte den Mord geplant – aber noch viel mehr, er hatte von vornherein für ein Alibi gesorgt und alles so eingerichtet, dass der Verdacht auf einen anderen fallen musste. Wolters hatte Frieda die kleine Flasche mit Blausäure geschickt. Ich erinnere mich jetzt, dass sie mir erzählte, sie hätte mit Wolters über einen Fleck in ihrem Kleid gesprochen. Jetzt wird alles klar, Herr Kommissar. Wolters ging mit mir zur Wohnung in der Lessing Straße, aber er ging zuerst allein.«

Kommissar Thalheimer sprang auf. »Selbstverständlich haben Sie recht. Ich habe mich auch täuschen lassen. Harry McCartney hatte doch die Gewohnheit, zwei Likörgläser voll Kognak einschenken zu lassen, eins für sich selbst, das andere für seinen Freund. Sicherlich würde er nicht einen Kognak für einen Gast haben eingießen lassen, wenn er wusste, dass der ihm nach dem Leben trachtete. Frieda hatte natürlich keine Ahnung, um was es sich bei dem Besuch von Wolters handeln würde. Sie wusste nur, dass er wie gewöhnlich um acht Uhr ihren Onkel besuchen würde. Deshalb hatte sie beide Gläser eingeschenkt.«

»Wolters hat Sie unten allein gelassen und ist die Treppe hinaufgegangen, um mit McCartney zu sprechen. Der alte Millionär hat sich zunächst wohl nichts anmerken lassen, um Wolters nicht vorzeitig zu warnen. Wolters aber ging gleich zu dem kleinen Büfett, das an der Wand stand, und es gelang ihm, unbemerkt die Blausäure in McCartneys Glas zu schütten. Dieses bot er ihm dann an.«

Der Kommissar hielt einen Augenblick inne und überlegte, ob er in seine Schlussfolgerung alles einbezogen hatte, und Erwin erzählte weiter.

»Es wäre ja möglich gewesen, dass McCartney zögerte. Auf jeden Fall hatte er dann aber das Glas geleert und ist ein paar Sekunden darauf zu Boden gestürzt. Entweder war er sofort tot, oder er lag in den letzten Zügen. Wolters hat ihn aufgehoben und aufs Sofa gelegt. Um McCartney nicht stutzig zu machen, hatte er zuerst auch ausgetrunken. Das hätte ihn natürlich verraten können. Er wusste aber, wo die Kognakflasche aufbewahrt wurde, nahm sie heraus und füllte sein Glas aufs Neue. Aber nun kommt der Fehler: Er hat die Flasche auf dem Büfett stehenlassen.«

»Meinen Sie, er wusste nicht, dass Daniela Hoppe anwesend war und sich im anderen Zimmer befand?«, fragte der Kommissar.

»Ja, sie muss in dem kleinen Zimmer gewesen sein, das man durch die Tür hinter dem Sofa erreichen kann«, erwiderte Erwin schnell. »Wahrscheinlich war sie Zeugin der Unterhaltung. Sie muss alles gehört haben, was Wolters und McCartney vor dessen Tod noch miteinander sprachen.«

»Wo mag sie jetzt wohl sein?«, fragte der Kommissar. Erwin schüttelte nur den Kopf, erhob sich ein wenig und sah ungeduldig auf die Uhr.

»Herr Thalheimer, ich habe das Gefühl, dass wir hier unsere Zeit vergeuden. Frieda McCartney müsste doch längst wieder ins Hotel zurückgekommen sein – es ist halb zwei.«

»Vielleicht hat sie in der Stadt jemand getroffen«, versuchte der Kommissar ihn zu beruhigen, obwohl er das selbst für sehr unwahrscheinlich hielt. »Es hat keinen Zweck, Aufsehen zu erregen. Wir wollen doch vor allem Frieda McCartney nicht lächerlich machen.«

»Besser lächerlich als tot«, entgegnete Erwin erregt und ging zur Tür.

***

14

Sie ließen im Hotel eine Nachricht für Frieda zurück, dass sie nach ihrer Rückkehr unter keinen Umständen das Hotel wieder verlassen sollte. Außerdem wurde vereinbart, dass der Portier sofort ihre Ankunft telefonisch melden sollte.

Die beiden fuhren mit einem Taxi zum Polizeipräsidium, dann zum Haus von Martin Wolters in der Blankeneser Landstraße. Thalheimer klingelte an der Haustür, aber es antwortete niemand. Auch stärkeres Klopfen hatte keinen Erfolg. Schließlich nahm er einen Bund Nachschlüssel aus der Tasche und versuchte sie der Reihe nach. Der Vierte passte, und sie traten ins Haus.

Nirgends war Unordnung zu entdecken, die Räume waren einsam und verlassen. Auch eine Durchsuchung von Wolters Schlafzimmer ergab nichts Neues. Sein Schlafanzug lag sorgsam gefaltet auf dem Kissen, sein Bademantel über einem Stuhl, und darunter standen die Pantoffeln. Auf dem Schreibtisch in dem angrenzenden Arbeitszimmer fanden sie einen Stoß Quittungen, ein Scheckbuch und eine Zigarrenspitze aus Bernstein.

»Öffnen Sie doch einmal den Schrank«, rief Erwin. Dann untersuchte er schnell den Inhalt.

Er entdeckte mehrere graue und weiße Flanellhosen.

»Wolters ist Amerikaner und spielt infolgedessen kein Kricket. Wir wollen einmal seine Stiefel ansehen.«

Auf einem langen weißen Regal an der Wand standen mindestens ein Dutzend Paar Schuhe und Stiefel, alle sauber geputzt.

»Zwei Paar weiße Tennisschuhe, in Amerika hergestellt«, sagte Thalheimer. »Die Sohlen sind nicht abgenutzt. Martin Wolters spielt zwar nicht Kricket, aber er scheint Boot zu fahren. Und dadurch kommen wir auf einen See oder einen Fluss. Jetzt wollen wir uns einmal seine Hüte ansehen, vor allem die Strohhüte.«

»Was wollen Sie denn dadurch erreichen?«

»Strohhüte werden sehr häufig gerade an dem Platz gekauft, wo man sich zurzeit befindet, und geben infolgedessen manchmal merkwürdige Anhaltspunkte. Zur Aufklärung sind sie oft sehr wichtig für mich gewesen.«

Als die beiden suchten, fanden sie auf dem Schrank tatsächlich drei Strohhüte.

»Der erste hier ist in Hamburg gekauft, der zweite in Stade – das ist übrigens ein ziemlich großer Ort. Und der Dritte stammt aus Bremervörde, das ist ein kleines Nest. Nun zu den Quittungen. Vielleicht finden wir da etwas.«

Der Kommissar trat zum Schreibtisch und blätterte die einzelnen Papiere durch. Zunächst entdeckte er nichts. Schließlich zog er eine Schublade auf, und wie er erwartet hatte, fand er hier alle Quittungen säuberlich und ordentlich nach Vierteljahren gebündelt.

»Hier wollen wir gleich einmal nachsehen«, erklärte Thalheimer, indem er einen kleinen Stapel Quittungen aus der Schublade nahm. »Benzinrechnungen von einem Händler in Bremervörde – die anderen sind aus Hamburg. Wenn Wolters aber Benzin in Bremervörde in Kanistern kauft, muss er ein Motorboot haben.«

»Wieso haben Sie an einen Fluss oder an Wasser gedacht?«, fragte Erwin.

»Weil ich diese Klasse von Leuten kenne, der Martin Wolters angehört. Er treibt keinen Sport, bei dem er sich persönlich viel anstrengen muss, aber offenbar hatte er noch eine andere Passion als Autofahren. Wenn er der Autofahrer ist, der an dem Tag auf die Landstraße kam, als die Gefangene aus dem Gefängnis entfloh, dann liegt doch die Möglichkeit nahe, dass er von seinem Landhaus nach Hamburg fuhr.«

»Wolters übt in Deutschland keine berufliche Tätigkeit aus und hat nur ein paar Freunde, die natürlich von mir aufgefunden wurden. Vorsichtige Nachforschungen haben ergeben, dass Martin Wolters ein paar Wochen außerhalb Hamburgs weilte, bevor Daniela aus dem Gefängnis entfloh. Vielleicht entsinnen Sie sich noch: Der Oktober vor zwei Jahren war ein herrlicher Monat, bis plötzlich das Wetter umschlug. Lassen Sie uns jetzt nach Bremerhaven zu den Liegeplätzen fahren, dabei kommen wir unterwegs durch Bremervörde.«

Der Inhaber der Tankstelle in Bremervörde, von dem die Rechnungen stammten, war ein gesprächiger Mann. Er kannte Martin Wolters flüchtig und sagte aus, dass er nicht nur Benzin für das Auto, sondern auch Benzin für ein Motorboot geliefert habe.

»Seit einiger Zeit ist er nicht mehr hergekommen, aber ich weiß, dass er ein Haus in der Nähe besitzt. Er kam immer aus der Richtung Bremerhaven.«

»Wie heißt denn sein Motorboot?«, fragte Thalheimer, der genau wusste, dass all diese kleinen Fahrzeuge einen besonderen Namen führten.

»›Moneymaker‹. Es war eins der schnellsten auf der Weser. Ich weiß nicht, was damit passiert ist, aber ich habe es seit ungefähr zwei Jahren nicht mehr gesehen.«

Kommissar Thalheimer nickte befriedigt.

Als sie nach Bremerhaven kamen, machten sie die interessante Entdeckung, dass zwar niemand etwas von Martin Wolters wusste, aber alle Leute die »Moneymaker« kannten.

»Sie gehört einem Herrn, der ein Haus in einer kleinen Bucht an der Wesermündung hat. Seit zwölf Monaten ist das Boot aber nicht mehr hier vorbeigekommen.«

Bei ihren weiteren Nachforschungen konnten Kommissar Thalheimer und Erwin das Haus leicht finden, aber es war leer und nicht bewohnt. Allem Anschein nach gehörte es jetzt einem anderen. Keiner der Nachbarn kannte die Adresse des früheren Bewohners.

»Der ist schon lange Zeit fort«, erklärte der Besitzer des anliegenden Grundstücks. »Er hat das Haus aufgegeben und ist ganz nach Hamburg gezogen. Das Bootshaus benutzt er auch nicht mehr.«

»Das Bootshaus?«, fragte Erwin interessiert. »Wir haben doch gar kein Bootshaus entdecken können?«

»Es liegt etwas entfernt an einer kleinen Bucht zwischen zwei Inseln. Sie können es von der Straße aus sehen, wenn Sie hier entlangfahren. Früher gehörte es einem betuchten Kaufmann, der hatte dort ein großes Motorboot. Aber der Wasserspiegel des Flusses sank, und seitdem konnte er das Bootshaus nicht mehr gebrauchen. Später hat es ein Herr aus Hamburg gemietet und eine Art Wochenendhaus daraus gemacht. Er hat einen Zwischenboden eingezogen, unten stellt er sein Boot ein, oben wohnt er.«

Thalheimer und Erwin sahen einander an.

»Das müssen wir uns genauer ansehen«, sagte der Kommissar.

Sie mieteten ein flaches Boot und fuhren damit über die seichten Stellen am Ufer. Nur durch Zufall fanden sie den Eingang zu der kleinen Bucht, die ziemlich versteckt hinter hohem Schilf und Ried lag, und sahen das große, schöne Bootshaus. Unter den Einflüssen der Witterung hatte es allerdings etwas gelitten. Es stand teils auf dem Land, teils ruhte es auf Pfählen im Wasser. Der untere Teil war durch ein großes Tor geschlossen, das bis ins Wasser hineinreichte. Das obere Geschoß hatte mehrere Fenster ohne Gardinen, die Glasscheiben waren sehr schmutzig und seit langer Zeit nicht mehr geputzt worden. Der Eingang zu den oberen Räumen lag auf dem Land, und man konnte ihn auf einem Fußweg erreichen, der am Ufer der Bucht entlangführte.

Sie landeten in einiger Entfernung von dem Haus, machten das Boot an einem Pfahl fest und gingen den schmalen Weg entlang. Es war ihnen beiden klar, dass sie sich einem Versteck von Martin Wolters näherten. Daher versuchten sie sich auch möglichst hinter Bäumen und Sträuchern zu verbergen, damit er sie nicht sehen sollte, falls er zurzeit selbst im Haus war.

Vom Uferweg bog ein anderer Pfad ab, der direkt zur Tür des Bootshauses führte. Jetzt blieb ihnen nichts anderes übrig, als ins Freie hinauszutreten, um sich dem Hause zu nähern. Alles in Allem machte das Bootshaus einen verlassenen Eindruck. Thalheimer und Erwin bemerkten nicht, dass sie beobachtet wurden.

Martin Wolters sah interessiert aus den nahen Sträuchern zu, wie die beiden herankamen.

Er hatte sich in einem großen Rhododendronbusch versteckt und hielt ein geladenes Gewehr, das er auf Erwin Müller gerichtet hatte, im Anschlag. Bei dem hellen Sonnenschein am Nachmittag konnte er gut zielen. Thalheimer kam hinter Erwin her, ging zur Tür und versuchte, sie zu öffnen, fand sie aber verschlossen. Dann sah er durch eines der unteren Fenster, konnte aber im Innern nur einen leeren Raum entdecken.

»Was meinen Sie? Versuchen wir, hineinzukommen?«

Erwin sah sich in dem verwilderten Garten um, auf dessen Wegen überall Unkraut wucherte. Dann schaute er den Weg entlang, den sie gekommen waren, und schließlich fiel sein Blick auch auf das Rhododendrongebüsch, in dem sich Martin Wolters versteckt hielt. Eine Sekunde später blickte Erwin hoch, als ob er es sich überlegte. »Es wird sich nicht lohnen«, sagte er dann ein bisschen lauter zum Kommissar. »Wir sind auf der falschen Spur. Wenn wir zur Stadt zurückkehren, werden wir wahrscheinlich feststellen, dass hier nichts Verdächtiges ist.«

Kommissar Thalheimer sah ihn verblüfft an.

»Ich habe mich getäuscht«, sagte Erwin noch, »Man soll doch immer nur nach Tatsachen gehen und nicht so wilde Theorien aufstellen. Ich habe mich zu sehr von meiner Fantasie leiten lassen.«

»Aber Sie meinten doch vorher –«, entgegnete der Kommissar stockend.

Erwin lachte.

»Ich war eben auf dem Holzweg.«

Er nahm den Kommissar am Arm, und sie gingen zu ihrem Boot zurück. Thalheimer verstand den Wandel von Erwin immer noch nicht.

Auf dem Weg zum Boot sah Erwin noch aus den Augenwinkeln einen dunklen Kleinwagen, der hinter einem Busch geparkt stand. Als er sicher war, nicht beobachtet zu werden, nahm er sein Handy aus der Hosentasche und machte ein Foto vom Bootshaus und der Umgebung. Um Urlaub zu machen ist das hier eigentlich eine sehr einsame Gegend, dachte er noch, aber wer es mag?

»Aber –«, protestierte Thalheimer aufs Neue und wollte noch etwas sagen, aber Erwin unterbrach ihn:

»Gehen Sie immer geradeaus und reden Sie nichts«, sagte Erwin leise. »Wenn Sie einen Schuss hören, werfen Sie sich sofort auf den Boden. Sagen Sie, bin ich eigentlich rot geworden? Das passiert mir nämlich immer, wenn ich jemanden sehe, der mit einem Gewehr auf mich zielt.«

Der Kommissar sah ihn erstaunt an, sagte aber nichts, er dachte nur:

Irgendwie kriege ich das hier nicht richtig zusammen, was soll das?

»Martin Wolter zielte mit einem Jagdgewehr auf uns Herr Kommissar«, polterte es aus Erwin heraus, »er saß versteckt in dem schönen Rhododendrongebüsch und ich habe die Sonne in seinen Augen spiegeln sehen.«

»Alle Achtung Erwin, Sie sind ja ein toller Fuchs«, antwortete der Kommissar.

Später rief Erwin noch in seiner Direktion an, um zu erfahren, ob etwas von dem Bootshaus bekannt wäre. Er bekam eine Absage, es ist dort nichts aktenkundig.

***

15

An diesem Morgen war Frieda McCartney in bester Stimmung aufgewacht. Sie freute sich, dass sie so lange geschlafen hatte, denn nun war der Zeitpunkt nahe herangekommen, an dem sie Erwin wiedersehen würde. Das ganze Leben lag jetzt herrlich vor ihr. Sorgen, Kummer und Furcht waren verschwunden. Am liebsten hätte sie laut singen mögen.

Sie hatte Erwin versprochen, sich zum Ausgehen fertigzumachen, und er wollte sie vor dem Mittagessen abholen. Um elf Uhr war sie auch fertig. Kurz darauf klingelte das Telefon.

»Sind Sie am Apparat, Miss McCartney?«, fragte Martin Wolters.

Sie erkannte ihn an der Stimme.

»Ja.«

»Ich möchte Sie kurz sprechen, wenn Sie so viel Zeit für mich übrig haben. Ich muss Ihnen etwas mitteilen, was mir Ihr Onkel gesagt hat und was bis jetzt noch nicht an die Öffentlichkeit kam.«

»Wäre es nicht besser, wenn Sie darüber mit Erwin Müller sprechen würden?«, erwiderte sie zögernd.

»Er kommt zwischen elf und zwölf ins Hotel zurück.«

»Es wäre mir lieber, wenn Sie die Sache später Erwin Müller mitteilten. Er braucht nicht gerade zu wissen, dass ich Ihnen diese gute Nachricht brachte, denn er ist aus irgendeinem Grund argwöhnisch und sieht unsere Bekanntschaft nicht gern. Aber Sie wissen ja, Miss McCartney, dass ich stets das Bestreben hatte, Ihr Leben möglichst angenehm zu gestalten und Sie vor Sorgen und Unannehmlichkeiten zu schützen.«

»Ja, das weiß ich«, entgegnete sie herzlich. »Und Erwins – ich meine Herrn Müllers Ängstlichkeit und Besorgnis sind ja unter den augenblicklichen Verhältnissen auch zu verstehen, nicht wahr?«

»Selbstverständlich. Ich will ihm keinen Vorwurf machen.«

»Wo wollen Sie mich denn sprechen?«

»Kommen Sie doch zur Ecke der Lessing und Blankeneser Landstraße. Nehmen Sie kein Taxi, und falls Sie Herrn Müller begegnen sollten, sagen Sie ihm bitte nicht, dass Sie mich treffen wollen.

Oder soll ich ihn lieber Erwin nennen?«

Sie hörte, dass er leise lachte, und errötete leicht.

Als sie zu dem Treffpunkt kam, sah sie Martin Wolters schon von Weitem an der Ecke der beiden Straßen warten. Er war elegant und tadellos gekleidet.

»Ich habe ein Fahrzeug hier, wir wollen einsteigen. Während der Fahrt können wir bequemer miteinander sprechen und werden auch nicht zusammen beobachtet. Ich hätte Sie ja bitten können, mich in meiner Wohnung in der Blankeneser Landstraße aufzusuchen, da aber keine Dame in meinem Haus ist, habe ich davon abgesehen.«

Sie war angenehm berührt von dem Takt, den er ihr gegenüber an den Tag legte, und das alte Vertrauen zu ihm lebte wieder auf.

Nur …, warum kam Martin auf einmal mit einem kleinen dunklen Leihwagen und nicht mit seinem pinkfarbenen Daimler, dachte Frieda. Egal, beruhigte sie sich, er war bis jetzt immer gut zu ihr und es wird wohl einen Grund für den Leihwagen geben.

»Ich weiß, dass Sie sehr gut zu mir waren, Mr. Wolters, und meine Interessen meinem Onkel gegenüber immer vertreten haben«, sagte sie herzlich, »Ich werde auch nicht vergessen, was Sie für mich getan haben.«

Ihre Worte gefielen ihm außerordentlich, und er sagte ihr das auch in höflicher Form.

»Ich stelle Ihre Freundschaft allerdings auf eine harte Probe«, fuhr er dann fort. »Ich möchte Sie bitten, Ihre Verabredung mit Erwin heute Vormittag aufzugeben, und mit mir aufs Land zu kommen. Ich habe nämlich Daniela McCartney gefunden.«

Frieda sah ihn neugierig an.

»Wie ist denn das möglich, dass Sie sie gefunden haben? Sie lebt doch angeblich zur Zeit in Frankreich?«

Er schüttelte den Kopf.

»Nein, sie wohnt in Deutschland, sie war sogar die ganze Zeit hier, aber das ist eine sehr lange Geschichte, und ich will Sie im Augenblick nicht damit belästigen.

Miss McCartney, wissen Sie, dass Sie eine sehr reiche Dame sind?«

»Ich?«, fragte Frieda erstaunt.

»Bevor Ihr Onkel starb – niemand beklagt seinen Tod mehr als ich –, hat er ein Testament zu Ihren Gunsten gemacht. Das Dokument hat er seiner Frau ausgehändigt. Ich selbst wusste nichts davon«, fügte er schnell hinzu. »Erst vor zwei Tagen erzählte mir Daniela McCartney die ganze Geschichte.«

»Aber das ist doch unmöglich. Wann hat er es denn geschrieben?«

»Er hat seinen letzten Willen in Gegenwart von Daniela McCartney aufgesetzt und ihr das Schriftstück mit der Bitte überreicht, es Ihnen zu geben. Die unglückliche Frau hat mir dies nicht gleich gesagt. Welchen Grund sie dazu hatte, kann man ja vermuten, aber wir dürfen sie nicht zu streng beurteilen, Miss McCartney. Es hat keinen Zweck, seine Mitmenschen zu scharf unter die Lupe zu nehmen.«

»Ich mache ihr durchaus keinen Vorwurf«, erwiderte Frieda verwundert. »Aber warum soll ich denn aufs Land fahren?«

»Sie hat jetzt den Wunsch, Ihnen das Testament persönlich zu übergeben und Sie um Verzeihung zu bitten. Es sind eine ganze Reihe von Gründen vorhanden, warum wir im Augenblick keinen anderen einweihen wollen«, entgegnete Martin Wolters ruhig und bedächtig und widerlegte dadurch von vornherein ihre Gegengründe. »Sie wird Ihnen die näheren Umstände erklären, unter denen sie getraut wurde, und dann werden Sie auch verstehen, warum Erwin Müller und sein Freund, der Kommissar Thalheimer, im Augenblick nichts von dem Geheimnis erfahren dürfen.«

»Ich kann es immer noch nicht glauben«, sagte Frieda fassungslos. »Es scheint mir ganz unmöglich. Wenn ich das Vermögen meines Onkels erbe, bin ich allerdings sehr reich.«

Martin Wolters machte eine Handbewegung, um die Größe ihres Vermögens anzuzeigen.

»Jedenfalls sind Sie reich genug, um mit mir aufs Land fahren zu können.«

»Wo hält sich denn Daniela McCartney zurzeit auf? Wo werden wir sie treffen?«

»Ich habe ein kleines Bootshaus in der Nähe von Bremerhaven, dort wartet sie auf uns« ,erwiderte Martin.

Unterwegs unterhielten sie sich über Wassersport, Motorboote und andere Dinge, die in Hamburg zurzeit das Tagesgespräch bildeten. Erst hundert Meter vom Ziel entfernt überkam sie ein eigenartiges Gefühl.

»Meinen Sie nicht, es ist besser, ich schicke Erwin eine Nachricht? Er wird sonst meinetwegen furchtbar unruhig und ängstlich sein.«

»Ich werde dafür sorgen, dass er eine Nachricht erhält«, erklärte Martin. »Ich werde es sofort erledigen, wenn wir angekommen sind.«

Sie atmete erleichtert auf. Unwillkürlich fühlte sie sich sicherer, als sie hörte, dass Dienstboten in dem Haus seien. Und doch brauchte sie sich vor dem liebenswürdigen und entgegenkommenden Martin Wolters nicht zu fürchten. Er hatte sich doch stets sehr korrekt benommen.

Als sie aus dem Fenster des Wagens sah, hatte sie den Eindruck, dass er in einem großen Bogen nach Bremerhaven fuhr und nicht den direkten Weg über die B 74 nahm. Sie bogen von der Bundesstraße auf einen ziemlich schlechten Nebenweg ab, der, wie sie nach seinem holprigen Zustand urteilte, äußerst selten benutzt wurde. Die Straße führte auch nicht weiter, und schließlich hielt Wolters an. Dann führte er sie einen Fußweg entlang und unterhielt sich dabei in der freundlichsten und lebhaftesten Weise mit ihr.

»Ist das dort denn das Haus, in dem sich Daniela McCartney aufhält?« Sie zeigte in die Richtung, in der das Haus zu sehen war.

Sie konnte ihr Erstaunen nicht unterdrücken.

»Das sieht aber doch aus wie ein Bootshaus?«

Frieda hatte recht. Es war ein aus einfachem Holz erbautes Bootshaus, ohne Anstrich. Es war einfach nur dunkel gebeizt.

»Ja, jetzt sind wir angelangt«, erwiderte Martin.

»Das war es auch, bis ich es mietete. Aber ich kann Ihnen nur die Versicherung geben, dass es im Innern sehr gut und komfortabel ausgestattet ist. Von außen sieht man das natürlich nicht.«

Martin ging voran und öffnete die Tür. Auf der Schwelle blieb Frieda stehen, da es im Innern dunkel war und man nichts von Dienstboten sehen konnte.

Eine Hand legte sich auf ihren Rücken und schob sie vorwärts.

»Aber, Mr. Wolters«, protestierte sie atemlos.

Er schlug die Tür hinter sich zu und verschloss sie, bevor er ihr antwortete.

»Gehen Sie geradeaus. Sie finden eine Treppe, die nach oben führt. Es sind einundzwanzig Stufen«, sagte er kurz. »Zählen Sie, sonst kann es Ihnen passieren, dass Sie die Treppe hinunterfallen.«

»Nein, ich gehe nicht weiter, ich will nach Hause zurück«, erklärte sie heftig.

Er lachte.

»Gehen Sie die Treppe hinauf.«

Seine Stimme klang hart und befehlend. Frieda zuckte zusammen und zitterte am ganzen Körper. Sie gehorchte ihm, gab sich aber die größte Mühe, klar und kühl zu denken.

»Mr. Wolters, ich verbitte mir, dass Sie auf solche Weise zu mir sprechen.«

»Sie haben sich hier nichts zu verbitten. Sie werden noch ganz hübsch gehorsam und folgsam werden, wenn ich erst einmal richtig mit Ihnen gesprochen habe«, erwiderte er in schneidendem Ton. »Oben auf dem Treppenabsatz bleiben Sie stehen.«

Frieda wunderte sich über den Ton von Martin, wie er mit ihr sprach. Es war das Gegenteil von dem, wie sie ihn kannte. Auch sein Blick ähnelte dem eines wild gewordenen Raubtieres. Warum bin ich eigentlich immer so naiv und gutgläubig, dachte sie.

Martin schloss eine Tür auf und führte sie in einen großen Raum, der sehr gut eingerichtet war. Von der Decke hingen ein paar Lampen herab.

Es dauerte einige Zeit, bis Frieda sich an das Licht gewöhnt hatte. Dann aber erkannte sie ihre Umgebung und schrak zurück. Nicht vor der reichen Ausstattung des Raumes und den orientalisch prächtigen Farben, sondern vor den schweren Plüschvorhängen, mit denen die Fenster verschlossen waren. Kein Licht konnte hier von außen hereindringen. Deshalb hatten die Fenster von außen auch so tot und schwarz ausgesehen. Dann entdeckte Frieda mit Entsetzen eine Frau, die am anderen Ende des Zimmers saß. Sie starrte sie an und trat unwillkürlich zurück, bis sie mit dem Rücken an die Tür stieß. Ihr Herz schlug wild vor Furcht. Die Frau war schwarz gekleidet, sodass das weiße, leidende Gesicht, in dem zwei dunkle, fieberheiße Augen glänzten, umso mehr auffiel. Sie saß in einem derben Sessel, ihre Hände waren durch Stahlklammern an den Armlehnen befestigt, ihre Fußgelenke an den Stuhlbeinen. Sie hielt den Kopf in einer krampfhaft unnatürlichen Haltung. Frieda erkannte auch den Grund dafür: Der Kopf war mit einem breiten Lederriemen unter dem Kinn fest angeschnallt.

Martin Wolters ging schnell zu der Fremden, nahm eine Tasse Wasser von einem Tisch und hielt sie an ihre Lippen.

Sie trank gierig.

»Nun, bist du durstig?«, fragte er sanft. »Das kann ich mir auch denken.«

Er bückte sich, nahm einen Schlüssel aus der Tasche und öffnete die Stahlringe an ihren Armen und Beinen. Dann richtete er sie auf, aber sie taumelte, matt vor Erschöpfung. Wolters lachte leise.

»Öffnen Sie die Tür«, befahl er Frieda McCartney», »Aber machen Sie schnell.«

Frieda gehorchte. Martin hob die Frau auf, trug sie in den angrenzenden Raum und legte sie dort auf ein Feldbett.

»Wir brauchen uns im Augenblick nicht um sie zu kümmern, sie wird sich bald erholen«, wandte er sich dann an Frieda McCartney und führte sie wieder in das große Zimmer. »Es hat länger gedauert, als ich annahm, da ich Ihnen in Hamburg dauernd folgen musste, bis ich schließlich heute Vormittag eine Gelegenheit fand.«

»Wer – wer –«, flüsterte Frieda und sah ihn starr vor Schrecken an.

»Ich sagte Ihnen doch, dass Sie Daniela McCartney sehen würden. Das ist sie. Nehmen Sie Platz.«

***

16

Ohne Widerstand zu leisten, folgte Frieda und setzte sich auf den ihr zugewiesenen Stuhl.

Martin Wolters hatte jetzt eine so eigentümliche Art, mit ihr zu sprechen, wie sie es noch nie in ihrem Leben gehört hatte. Er war nicht mehr höflich und zuvorkommend, sondern brutal und unverschämt.

»Wenn Sie hungrig sind, finden Sie ein paar Kekse in dem Schrank dort drüben. Sie können ihr auch ein paar geben, wenn sie sich erholt hat«, sagte Martin. Bei diesen Worten wies er mit dem Kopf zur Tür zum Nebenzimmer, wo Daniela lag.

»Mr. Wolters, was hat das alles zu bedeuten? Wenn es ein Scherz sein soll, dann ist er sehr schlecht.«

»Nein, ich leiste mir keine Scherze. Sie scheinen die Situation immer noch nicht zu verstehen. Was ich tue und sage, ist mein voller Ernst, und es handelt sich hier um wichtige Dinge. Ich werde Sie jetzt kurze Zeit allein lassen. Sie können sich aber die Mühe sparen, einen Ausweg von hier zu suchen. Damit würden Sie nur Ihre Zeit vertrödeln. Es gibt nur einen Weg zu diesem Haus, und zwar den, auf dem wir eben gekommen sind. Die

Fenster sind sämtlich mit starken Eisengittern versehen, die Mauern, der Boden und die Decke mit schallsicheren Platten verkleidet, und hier unten« – er zeigte auf den Boden – »ist tiefes Wasser.«

Nachdem er das gesagt hatte, schloss er die Tür auf und ging hinaus. Sie hörte, wie sich der Schlüssel im Schloss drehte, und glaubte, dass er das Auto in die Garage bringen wollte.

Damit hatte sie auch recht, denn kurz darauf hörte sie das Geräusch eines Motors, das immer leiser wurde und sich entfernte. Obwohl er sie gewarnt hatte, suchte sie alle Wände nach einem Geheimausgang ab. Die Tür war sehr stark und aus dickem Eichenholz. Frieda mühte sich einige Zeit vergeblich, sie mit einem schweren Stuhl aufzustoßen, dann gab sie es auf. Ein leises Stöhnen erschreckte sie, und plötzlich dachte sie wieder an die bleiche Fremde in dem schwarzen Kleid. Als sie ins Nebenzimmer trat, lag diese mit weitgeöffneten Augen auf dem Bett und hatte die zerschundenen Hände gefaltet.

»Kann ich etwas für Sie tun?«, fragte Frieda.

Daniela schüttelte den Kopf.

»Nein, Sie können nichts für mich oder für sich tun. Wer sind Sie? Ich vermute, Frieda McCartney?«

»Ja, so heiße ich«, erwiderte Frieda freundlich. »Geht es Ihnen sehr schlecht? Sind Sie krank?«

Daniela lächelte schwach.

»Wissen Sie, wo ich jetzt sein möchte?«

Frieda schüttelte den Kopf.

»In einer Zelle im Gefängnis, um meine fünfzehn Jahre abzusitzen.«

»Ich verstehe Sie nicht«, antwortete Frieda.

»Es rächt sich jede Schuld«, entgegnete Daniela mit leiser Stimme. »Ich habe früher nicht daran geglaubt, aber ich weiß jetzt, dass es wahr ist. Drei Jahre habe ich im Gefängnis gesessen, und ich müsste auch noch dort sein, aber ich bin geflohen.«

Frieda setzte sich auf den Rand des Bettes. Sie glaubte, dass die Frau im Delirium sprechen würde.

Daniela musste ihre Gedanken erraten haben.

»Nein, ich bin nicht irre. Ich bin Daniela Hoppe oder jetzt Daniela Wolters.«

»Aber Sie sind doch Daniela McCartney?«

Daniela richtete sich ein wenig auf.

»Ich habe Martin Wolters geheiratet, in der Hoffnung, dass es mir dann besser ginge«, entgegnete sie mit einem schwachen Lächeln. »Es ist mein zweiter Mann, der erste war ein furchtbar brutaler Mensch. Ich glaube, dass es keinen schlechteren geben könnte. Er hat mich furchtbar behandelt und mich schließlich zum Wahnsinn getrieben – in dem Zustand habe ich ihn dann vergiftet.«

Frieda sah sie entsetzt an.

»Und doch war Holger Hoppe ein Engel im Vergleich zu Martin Wolters«, fügte Daniela noch hinzu. »Vor ein paar Jahren habe ich einen Mann geheiratet, ich dachte, es wäre die große Liebe, aber weit gefehlt.«

Daniela hatte Tränen in den Augen.

»Ich konnte nicht ahnen, dass er mich als Versuchskaninchen in die Schönheitsklinik zu Doktor Adalon nach Süddeutschland und später in das alte Schloss gelockt hat um dann daraus richtig Kapital zu schlagen … Ein Geschäft mit der Hoffnung anderer.«

Daniela erzählte Frieda die ganze Geschichte.
»Stell dir vor, du liegst in einer Schönheitsklinik, der Schmerz fährt dir durch den ganzen Körper. Als du nachsehen willst, was passiert ist, stellst du fest, dass dein Körper sich nicht bewegen lässt. Dir bricht der Schweiß aus.

Du fühlst in deinem Gesicht Haare, die dir ausgefallen sind und du kannst nicht sprechen um eine Schwester zu rufen. Du bist verwirrt, verstehst das Ganze nicht. In deinen Gedanken taucht ein Verdacht auf:

Irgendjemand hat es auf dich abgesehen.
Aber warum denn? Du wolltest dich doch nur für deinen Mann verschönern lassen.

Du willst es nicht wahrhaben und versuchst deinen Körper abzutasten. Kein Gefühl regt sich. Angst, Schmerz und Wut bringen dich fast um den Verstand.

Erst jetzt wird dir bewusst, wie groß die Gefahr wirklich ist. Du willst nicht einfach so sterben.

Aber womit kämpfen, wenn du dich nicht bewegen kannst. Deine Gedanken hört niemand.«

Daniela reichte Frieda ein paar bedruckte Seiten mit den Worten: »Lesen Sie selbst, hier habe ich einiges aufgeführt:«…

***

In der Schönheitsklinik vor ein paar Jahren …
Es ging jetzt alles sehr schnell. Eine Ärztin stürmte ins Zimmer, kam zu mir ans Bett und sah die ausgefallenen Haare.

»Wie geht es Ihnen Frau Hoppe.« Keine Antwort.

»Der Blutdruck ist zu hoch, und der Puls zu schnell, das deutet auf Herzrhythmusstörungen hin.«

»Ich gebe Ihnen eine Spritze Frau Hoppe, damit wir das wieder in den Griff kriegen, gleichzeitig nehme ich Ihnen Blut ab, um es im Labor untersuchen zu lassen.«
Die Stationsärztin wies die Schwester an, mich an den Monitor anzuschließen. Bis jetzt konnte ich immer noch nicht sprechen.

Ich lag auf dem Bett, von oben bis unten in Decken gehüllt, obwohl ich schwitzte.

»Ist es Schweiß oder Speichel«, fragte ich mich, ohne mir die Mühe zu machen, das dünne Rinnsal an meinem Mundwinkel abzuwischen. Ich ließ, dass die Schwestern abwischen. Ich lächelte, dankbar, dass die Zeit mir nun wieder entglitt und auch völlig egal war. Undenkbar, dass ich noch vor Kurzem gegen dieses Phänomen gewütet habe. Dass ich zornig voller Groll gewesen war, weil mir durch die Medikamente, die man mir gab, alle am Körper befindliche Haare ausfielen, die Tage miteinander zu verschmelzen schienen, sodass ein Gefühl entstand, alles wäre an einem Tag geschehen.

Undenkbar, dass ich versucht hatte, mich gegen das Vergessen, dem ich mich nun endlich überlassen konnte, aufzulehnen, wozu? Um mich an die hässlichen Einzelheiten eines vergeudeten Lebens zu erinnern, eines Lebens, an das ich mich sogar noch geklammert habe, obwohl mein Mann mich immer wieder indirekt zu einer Schönheitsoperation gedrängt hat, zuletzt mit den Worten:

»Mach endlich etwas, damit Du für mich sexy und jung aussiehst.« Aus blinder Liebe zu meinem Mann ging ich darauf ein.

Auch zu dem Zeitpunkt, damals, war mir immer noch nicht bewusst, dass es hier einfach nur um Geld ging und mein Mann mich nicht aus Liebe und Zuneigung geheiratet hat.

Nach der Szene im Krankenhaus hatte mein Mann mich nachhause gebracht. Ich erinnere mich, dass die Ärzte und die Schwestern sehr fürsorglich gewesen sind und mein Mann der Ärztin erklärt hat, er habe alles unter Kontrolle und würde sich mit dem Hausarzt in Bremen in Verbindung setzen, sobald dieser aus dem Urlaub zurück sei. Das Beste für mich, sei seiner Meinung nach, im Augenblick viel Ruhe.

Ich habe mich willig gefügt. Der Gedanke an mein eigenes warmes Bett war schließlich sehr verlockend. Ich konnte es kaum erwarten unter meine eigene Bettdecke zu kriechen. Am liebsten wäre ich für immer darunter verschwunden. Mir wurde bewusst, und ich hatte auch das Gefühl, dass ich nun nur noch sterben würde und ich zuckte innerlich gleichgültig mit den Schultern.

Ich wehrte mich nicht mehr gegen die Medikamente, sondern nahm brav alles, was man mir gab. Manchmal vielleicht auch zu viel oder zu wenig. Ich wusste es nicht.

Ich war danach wieder in unserem geliebten Haus. Wie lange, weiß ich nicht.

Am nächsten Tag stand in der Tageszeitung. »Leiche im Vorgarten gefunden.« Das war ich.

Im Vorgarten des betreffenden Hauses lag eine Frau, die dem Aussehen nach so um die 35 Jahre jung sein musste und wunderschön. Vor der Terrasse an einem kleinen Hügel lag sie gekrümmt auf der rechten Seite auf dem Boden, vor der offenen Terrassentür. Bekleidet war sie mit einem grünweißen Trainingsanzug. Sie hatte Turnschuhe an. Das Haar war schütter, fast vollkommen ergraut und rot vom Blut aus einer großen Wunde am Kopf. Wahrscheinlich von dem Aufprall auf den Findling, der etwas seitwärts vom Terrasseneingang lag.

Auf dem Boden, neben der Frau lag eine große Packung mit Medikamenten, die verstreut daneben lagen, und in Ihrer verkrampften Hand hielt sie eine Visitenkarte von einem Hausarzt in Bremen.

Ein vorbeigehender Passant machte die Entdeckung und rief die Polizei sowie den Notarzt. Er brachte die Frau in eine stabile Seitenlage und versuchte mit ihr zu reden. In dem Moment kam schon die Polizei um die Ecke. Mittlerweile setzte bei dieser Frau die Atmung aus.

Kommissar Thalheimer war damals einer der Ersten am Unglücksort und begann auch sofort mit Wiederbelebungsversuchen. Sein Assistent musste jeden Moment eintreffen und ihm helfen. Jetzt kam auch der Notarzt um die Ecke.

Immer noch untersuchten Mitarbeiter der Kriminalpolizei die Unglücksstelle. Es wurde nichts festgestellt, was auf ein Verbrechen hindeutet. Kein Einbruch, Überfall oder dergleichen.
Der Notarzt kam auf Kommissar Thalheimer zu und sagte:
»Wir haben sie wieder, sie atmet noch, dank Ihrer Sofortmaßnahmen. Aber es sieht nicht gut aus.«
»Vergiftung durch Medikamente und plötzlicher Herzstillstand, aber jetzt schlägt das Herz wieder.«
»Eine sorgfältige Untersuchung ist angeraten. Die Vergiftung liegt einige Zeit zurück und ist nicht durch eine unmittelbare Medikamenteneinnahme entstanden. Ein versuchter Suizid, oder eine ungewollte Überdosierung wird als wahrscheinlich angenommen. Eine Besinnungslosigkeit durch einen Schlag auf den Kopf oder einen Fall auf den Kopf, ist ausgeschlossen, denn die Besinnungslosigkeit trat vor der Kopfverletzung ein.«
Ich wurde damals mit dem Hubschrauber ins Krankenhaus „Links der Weser" in Bremen, gebracht.

***

Frieda legte die Blätter zur Seite und sah Daniela wortlos mit einem erschrockenen Gesicht an. In Gedanken versunken erwiderte Daniela den Blick ohne einen Gesichtsausdruck und sagte: »Ich bin dem Tod von der Schippe gesprungen«, murmelte sie leise vor sich hin.

Dabei schien sie Frieda vergessen zu haben, ihre Worte klangen, als ob sie mit sich selbst sprechen würde.

»Ja, ich habe meinen Mann damals vergiftet. Mein Vater war Chemiker und ich studierte Pharmakologie.

Eines Tages, als mich Holger wieder einmal bis zum Wahnsinn verbal gequält hatte, gab ich ihm eine Apfelsine, die ich vorher mit einem schnell wirkenden Rattengift imprägniert habe. Aber darauf kommt es nicht an. Nun ist es jedenfalls meine Strafe, dass ich jetzt einen Mann heiraten musste, der andere Leute vergiftet – einen Mörder.«

Sie vergrub ihr Gesicht in den Händen. Nach einer Weile schaute Daniela müde wieder auf.

»Man sollte es nicht für möglich halten, dass ein Mann eine Frau verbal auspeitschen könnte«, sagte sie und stöhnte vor Schmerzen. »Sie glauben es kaum, dass Martin Wolters jede Folter, die er nur ausdenken kann, an mir verübt – es handelt sich nicht nur um seelische Qualen, nein, um ganz brutale, gemeine Foltern. Sie können es nicht glauben, und es ist auch unerhört. Ich wollte von ihm fort, aber ich konnte ja nicht, da das Gefängnis auf mich wartete. Schließlich fasste ich einen verzweifelten Entschluss und erzählte dem alten Harry McCartney die volle Wahrheit. Er wollte mir auch helfen. In weiteren zwei oder drei Tagen wäre ich auf dem Weg nach Australien gewesen, und Martin Wolters wäre statt meiner ins Gefängnis gekommen.

Aber Martin hat alles herausgefunden. Er wusste, dass ich im Hause Harry McCartneys war. Ein Reporter hat es ihm gesagt. Ich musste ihn an dem Abend in der Blankeneser Landstraße treffen, bevor ich zu meiner

Wohnung zurückkehrte. Ach, und in der Nacht hat er mich entsetzlich gequält.«

Sie schauderte und bedeckte wieder die Augen mit den Händen, als ob sie die Erinnerung nicht ertragen könne.

»Ich dachte, dass ich sterben müsste. Dann schloss er mich in einen Schrank ein, nachdem er mir vorher Hände und Füße gefesselt und mich geknebelt hatte. Ich hatte furchtbare Schmerzen und glaubte nicht, dass ich es länger aushalten würde. Und doch lebe ich noch.«

Sie rieb vorsichtig ihre Hände, dann riss sie sich zusammen und fand ihre Fassung wieder.

»Ich weiß nicht, was er mit Ihnen vorhat, Frieda, aber er kommt zurück. Ich weiß es bestimmt, ich kann es körperlich fühlen, wenn er herkommt. Es ist, als ob eine kalte Hand an mein Herz greifen würde. Versprechen Sie mir eins, Frieda, wenn Ihnen Ihr Leben lieb ist, trinken und essen Sie nichts in diesem Haus. Schwören Sie es mir.«

Frieda versprach es.

Daniela dämpfte nun ihre Stimme und sprach eindringlicher und leise:

»Es wäre möglich, dass wir fliehen können. Vielleicht auch nicht. Ich weiß, was mir bevorsteht. Ich komme sofort ins Gefängnis, und doch wäre das eine Erlösung.«

»Vielleicht können wir beide uns, ja Frieda Sie hören richtig, Sie und ich, wenn dieses hier alles vorbei ist, in den Vereinigten Staaten treffen und uns eine handfeste Existenz aufbauen. Was halten Sie davon, Frieda?«

Frieda stutzte und konnte nicht sofort antworten. Nachdem sie sich wieder gefangen hatte, fragte sie Daniela.

»Und wie wollen Sie von hier nach Amerika kommen, wenn Sie wieder verhaftet werden.«

»Da habe ich schon vorgesorgt«, antwortete Daniela.

»Ich habe genug Geld gebunkert und ein Flugticket liegt auch schon bereit.« »Außerdem wird keiner meinen neuen Namen kennen.«

»Pssst« … machte Daniela auf einmal und legte sich den Zeigefinger auf den Mund.

Gleich darauf hörten sie, dass die Tür des großen Raumes aufgeschlossen wurde.

Martin Wolters kam herein.

»Hallo«, sagte er in seiner alten, freundlichen Weise.

»Sie scheinen sich ja schon recht gut miteinander angefreundet zu haben. Du weißt doch, dass es Frieda McCartney ist?«, wandte er sich an seine Daniela.

Dann lachte er, bückte sich, hob sie von dem Bett auf und trug sie wieder in den großen, mit orientalischer Pracht ausgestatteten Raum. Auch in verschiedenen Farben geknüpfte Teppiche fehlten nicht an den Wänden. Sie machten einen wertvollen Eindruck.

»Ich will, dass du hier sitzt und alles hörst, was ich sage, Daniela«, mit der Zeit erfährst du mehr und mehr und kannst ruhig alles wissen.«

»Sie haben ja wohl erfahren, dass das nicht die Gattin von Harry McCartney ist«, wandte er sich dann an Frieda, »sondern meine Frau. Sie ist allerdings nicht gerade sehr repräsentabel, sondern im Gegenteil eine der zerlumptesten und gemeinsten Frauen, die jemals ein Mann geheiratet hat.«

»Aber was kann man schließlich von einer Frau erwarten, die ihre Ehemänner ermordet«, fügte er noch murmelnd hinzu.

Martin warf einen befriedigten Blick auf Daniela.

»Wenn Du Dir Deine Niederträchtigkeit abgewöhnst und mich nicht verrätst, wird es Dir schon besser gehen. Dann brauche ich Dich nicht immer zu fesseln und werde Dir auch sonst keine Unannehmlichkeiten bereiten.«

Frieda sah, dass sich die Blicke der beiden auf die gegenüberliegende Wand richteten, wo eine kurze Peitsche hing.

»Ich glaube, Sie sind entsetzt über all das, was Sie hier erfahren, Miss McCartney. Das kann ich mir lebhaft vorstellen. Sie sind unter der Obhut Ihrer liebenden Mutter in guten Verhältnissen aufgewachsen, und was sonst noch alles in schönen Geschichten steht, aber Sie brauchen sich nicht aufzuregen.«

»Und ich glaube«, erwiderte Frieda, »sie sind das allerletzte Stück Scheiße, das es gibt, und noch nicht einmal wert sind, im dreckigsten Klo zu versinken.«

Martin lehnte sich gelassen auf dem Diwan zurück, auf dem er Platz genommen hatte, zog ein großes, prächtiges Kissen zu sich heran, stopfte es in den Rücken und zündete sich dann eine Zigarette an.

»Sie brauchen sich durchaus nicht aufzuregen, Frieda«, wiederholte er. »Vor allem muss ich Ihnen wohl die eine fundamentale Wahrheit nicht einhämmern, dass ein Mann unter allen Umständen leben will. Das menschliche Leben dauert ja nur eine kurze Spanne an Zeit, und je mehr Glück und Befriedigung man sich in dieser kurzen Frist verschaffen kann, desto erfolgreicher ist man gewesen. Schon von meiner frühen Jugend an war mein Bestreben immer darauf gerichtet, mir möglichst wenig Unannehmlichkeiten und Sorgen zu machen. Ganz systematisch habe ich mir Mitleid und andere Untugenden abgewöhnt. Alle Sorgen um andere Leute belästigen einen im Grunde nur.«

Anscheinend war dies sein Lieblingsthema, und so schrecklich seine Worte auch klangen, er meinte sie vollkommen ernst. Es war fast, als ob er vor dem Lehrerpult stehen würde und einen Vortrag über die Zweckmäßigkeit des menschlichen Lebens hielte.

»Egoismus ist kein Fehler, sondern eine Tugend«, sprach Martin weiter. »Erst darin zeigt sich eigentlich die reine Lebenskunst. Jeder Mensch ist Krankheiten unterworfen und hat Hindernisse zu überwinden – warum soll er sich dann auch noch mit den Sorgen anderer Leute abquälen? Das Elend seiner Freunde zu mildern, erscheint mir als eine große Dummheit, die den einfachsten Lebensgrundsätzen widerspricht.«

Er sagte, dass mit großem Bedauern, als ob ihm die Schwächen der Menschheit leidtäten.

»In den wenigen Minuten, die Sie sich mit meiner Frau unterhalten haben«, Martin zeigte auf Daniela, die wieder bleich und ruhig in ihrem Stuhl saß, »müssen Sie den Eindruck erhalten haben, dass ich grausam bin, nur weil mir Grausamkeit Vergnügen bereitet. Aber nichts liegt mir ferner. Ich kann mich sogar rühmen, niemals einen Menschen oder ein Tier verletzt zu haben, es sei denn, dass ich es tun musste, um mir einen Vorteil zu verschaffen.«

»Man geht doch auch nicht einfach zu einem Pferd«, sprach er weiter, »und schlägt es grundlos mit der Peitsche, das tut höchstens ein brutaler Mensch, der Freude daran hat, Tiere zu quälen. Aber wenn man keine Zeit hat und den Zug noch erreichen muss, gibt man dem Pferd vor dem Wagen die Peitsche, damit es schneller geht. Ist das etwa Grausamkeit? Nein, durchaus nicht – das ist eiserne Notwendigkeit.«

Frieda sah Martin herabwürdigend an und antwortete:
»Ich finde Ihre Philosophie abscheulich und zum Kotzen«, sagte sie ruhig und gelassen.
»Aber Sie vergessen vollkommen, dass sie für mich notwendig ist«, erwiderte Martin. »Ich habe meiner Frau Schmerzen verursacht, aber nur dadurch habe ich mich vor Schaden bewahren können.«
Er lächelte Daniela an, die seinem Blick gelassen begegnete und dabei dachte, »Du armseliges Arschloch, Martin Wolters.«

»Ich musste sie zum Beispiel bestrafen«, sprach Martin weiter, »weil sie mir über ein gewisses Dokument keine Auskunft geben wollte, welches sie in den Briefkasten warf. Ich musste sie mir fast vierundzwanzig Stunden lang scharf vornehmen, bis ich endlich die Wahrheit herausbekam. Aber dann zeigte sich, dass diese Mitteilung für mich von äußerster Wichtigkeit war.«

Er machte eine Pause, als ob er eine Antwort von Frieda erwartete, aber Frieda schwieg.

»Nehmen wir zum Beispiel Ihren eigenen Fall, Miss McCartney. Durch die Dummheit und den Verrat meiner Frau sind Sie die Erbin von Harry McCartney geworden. Es stimmt, dass er Ihnen sein ganzes Vermögen vermacht hat, und zwar wurde das Testament auf Anraten meiner Frau aufgesetzt.«

»So war es nicht. Der alte Mann hatte selbst die Absicht, es zu tun«, sagte Daniela leise.

»Wenn du nicht gewesen wärst und ihm die verrückten Ideen in den Kopf gesetzt hättest, wäre das alles nicht geschehen«, entgegnete er. »Aber darauf kommt es jetzt nicht mehr an. Das Testament wurde jedenfalls gemacht. Und welche Bedeutung hat es für mich?«

Martin hob die Hand und zählte die einzelnen Tatsachen an den Fingern ab:

»Erstens wurden meine sorgfältigen Vorbereitungen und die Arbeit vieler Jahre in wenigen Minuten wertlos. Zweitens habe ich mein für mich sehr kostbares Leben dadurch aufs Spiel gesetzt, dass ich Harry McCartney umbringen musste. Ich verlor dadurch die Belohnung, für die ich so viel gewagt hatte, ferner die bedeutenden Summen, die ich bereits auf die Durchführung dieses

Plans verwandt hatte. Und schließlich würde das meinen vollkommenen Ruin verursacht haben, denn wenn ich zum einundzwanzigsten Oktober nicht meine große Zahlung leisten kann, bin ich bankrott.«

»Wozu erzählen Sie mir das alles? Was erwarten Sie von mir?«, fragte Frieda. »Wollen Sie ein Lösegeld für mich haben? Oder glauben Sie, dass Sie mich zur Aufgabe meiner Erbschaft zwingen können?«

Martin Wolters schüttelte den Kopf.

»Es hätte keinen Zweck, denn eine Schenkung unter Zwang hat keinen gesetzlichen Wert.«

»Nein, es dreht sich hier um andere Dinge« fuhr Martin Wolters fort, »im Falle Ihres Todes fällt die Erbschaft an meine Frau. Niemand nimmt an, dass ich sie unter McCartneys Namen geheiratet habe. Außer Ihnen, ihr und mir weiß ja keiner um diese Tatsache. Und was sie betrifft, brauche ich mir weiter keine Sorgen zu machen.«

Es lag etwas Unheimliches in seinen Worten, und Frieda zitterte.

»Wenn ich Sie – erledigt habe«, fuhr er in aller Seelenruhe fort, »wird meine Frau alle die Schritte tun, die ich ihr vorgebe, um die Erbschaft des alten McCartney anzutreten, und ich zweifle nicht daran, dass es gelingen wird, uns den größeren Teil seines Vermögens anzueignen. Voraussetzung dazu ist natürlich immer, dass Sie sterben.«

»Dass ich sterbe«, wiederholte Frieda leise.

»Ja, Sie haben mich vollkommen richtig verstanden.«

Er erhob sich, ging zu dem kleinen Schrank, der an der Wand hing, und öffnete ihn. Frieda sah zwei Reihen glänzender Flaschen, und ihr Herz hörte fast auf zu schlagen.

»Als Giftmörder«, sagte Martin Wolters und wandte sich nach ihr um, »bin ich der reinste Laie, aber ich habe mich mit Begeisterung diesem Fach zugewandt. Früher wäre es mir niemals eingefallen, das Leben eines Menschen auf diese Weise zu beenden, aber ich hatte ja das große Glück, Daniela kennenzulernen. Nachher erfuhr ich, dass sie nicht nur im Gefängnis gesessen hatte, sondern auch, dass sie wegen Giftmordes verurteilt worden war. Sie hat sehr gute medizinische Kenntnisse, die ich mir zunutze machte. In früherer Zeit habe ich mich viel und häufig mit Daniela unterhalten und dadurch manches gelernt. Ihr kam natürlich die Tatsache nicht zum Bewusstsein, dass ich all diese Kenntnisse nur für die Zukunft sammelte. Wenn ich irren sollte, Daniela, dann stelle bitte meine Angaben sofort richtig«, sagte er höflich.

Martin nahm die Giftflaschen der Reihe nach aus dem Schrank und behandelte sie sehr vorsichtig.

Die eine oder andere streichelte er sogar, und es schien ihn Überwindung zu kosten, dass er sie zögernd wieder in den Schrank stellte.

Nachdem er noch einen bewundernden Blick auf den Inhalt geworfen hatte, schloss er den Schrank wieder.

»Ich zeige Ihnen das nur, weil ich nicht die Absicht habe –«.

Er stoppte plötzlich seine Bewegungen, denn aus der Ecke des Zimmers kam das Geräusch einer Klingel. Mit einigen großen Schritten eilte er zur Tür und ging hinaus.

***

17

Frieda und Daniela sahen gespannt hinter ihm her.
»Was hat das zu bedeuten?«, fragte Frieda.

»Er spannt immer einen dünnen Draht über den Weg, der zum Haus führt und dieser löst die Klingel aus, wenn jemand oder etwas dagegen stößt«, erwiderte Daniela leise. »Jemand kommt auf das Bootshaus zu. Aber machen Sie sich nur keine Hoffnung, das ist früher auch schon geschehen. Manche Leute gehen zufällig den Weg am Ufer entlang und berühren ohne es zu bemerken den Draht.«

Auf dem Treppenabsatz schob Martin Wolters ein Brett zurück, das ein kleines Beobachtungsfenster verdeckte, und suchte das ganze Ufer der Bucht mit einem Fernglas ab, das er von einem Nagel an der Wand nahm. Gleich darauf entdeckte er zwei Personen und erkannte sie auch. Leise schloss er die Öffnung, nahm ein geladenes Gewehr von der Wand und ging ins Freie. Es würde mindestens noch fünf Minuten dauern, bevor sie näher kamen, und er hatte Zeit genug, sich im Gebüsch zu verstecken. Schon vor langer Zeit hatte er vorausgesehen, dass ein derartiger Fall eintreten könnte, und darum alle Schutzmaßnahmen bis ins Einzelne ausgedacht. So lag er denn, ohne einen Muskel zu regen, unter dem Strauch und zielte genau, während Erwin Müller und Kommissar Thalheimer sich darüber unterhielten, ob Frieda McCartney wohl in dem Haus wäre.

Martin Wolters atmete erleichtert auf, als er hörte, dass Erwin zur Stadt zurückkehren wollte, und wartete noch fünf Minuten, bis ihre Schritte verhallt waren. Dann ging er ins Haus zurück, stellte das Gewehr an seinen Platz und trat wieder in das Zimmer, wo Frieda und Daniela noch am Tisch saßen.

Der Zwischenfall hatte ihn sehr mitgenommen, und er war aufgeregt. Frieda sah es ihm an, als er sich niederließ. Sein Gesicht erschien ihr plötzlich älter, und seine Stimme klang etwas schrill.

Es dauerte einige Zeit, bis er sich wieder gefasst hatte. Martin machte sich an dem Büfett zu schaffen, steckte einen Spiritusbrenner an und kochte Kaffee. Als er damit fertig war, stellte er eine Tasse vor Frieda und eine vor seine Frau. Zum größten Erstaunen Frieda McCartneys trank Daniela und nickte ihr beruhigend zu. Allem Anschein nach konnte sie davon trinken.

Martin Wolters sprach nun über andere Dinge. Allmählich wurde er unruhig und ging im Zimmer auf und ab. Von Zeit zu Zeit sah er auf die Uhr.

»Es ist nötig, dass ich mich heute Abend wieder in meiner Wohnung sehen lasse, Miss McCartney.«

Sein Ton war höflich und respektvoll. Sie hatte kaum noch auf ihn geachtet, und bevor sie es ahnte, hatte er sie mit seinen Armen fest gepackt. Obwohl sie sich wehrte, hielt er sie fest.

»Wenn Sie schreien, bekommen Sie die Peitsche zu spüren. Ich tue Ihnen jetzt nichts. Halten Sie die Arme einfach auf den Rücken.«

Mit einer Hand packte er sie an den Handgelenken, mit der anderen fesselte er sie nach allen Regeln der Kunst, dann ließ er sie vorsichtig auf den Boden nieder.

Währenddessen beobachtete ihn Daniela schweigend. Sie hatte gewusst, was kommen würde. Wolters hatte vorher zwei seidene Stricke aus einem Fach des Schrankes genommen.

Aber es hatte ja keinen Zweck, das Mädchen zu warnen.

»Ihre Fußgelenke binde ich nicht zusammen, das ist nicht nötig.«

Sie sah zur Decke hinauf, und zu ihrem größten Schrecken bemerkte sie, dass an einem der Balken oben ein kleiner Flaschenzug befestigt war. Er stieg auf eine Trittleiter und zog einen festen, dünnen Strick hindurch. Frieda beobachtete alle diese Vorbereitungen zu ihrer Hinrichtung mit wahnsinnigem Entsetzen. Während er oben auf der Leiter stand, sah er sie freundlich an.

»Das sieht grausam aus, aber denken Sie nur ja nicht, dass ich Sie aufhängen oder sonst etwas Gewöhnliches tun werde. Haben Sie schon jemals von Schmidt und Wright gehört? – Ich sehe, dass Sie nichts davon wissen. Sie sollten die Jahrbücher über Kriminalität lesen, dann wüssten Sie Bescheid. Die sind fast ebenso interessant wie das Studium der Astrologie. Übrigens steht Orion in einer Stunde im Zenit – das hat eine gute Vorbedeutung für mich.«

Er legte ein Kissen unter ihren Kopf, ging zu dem Giftschrank und nahm einen flachen Kasten heraus, den er auf den Tisch stellte. Während er ihn öffnete, summte er eine Melodie, dann nahm er eine kleine Spritze heraus und betrachtete sie sorgfältig.

»Die ist ja rostig«, sagte er. »Ich möchte nur wissen, wie das möglich ist.«

Er nahm ein Stück Watte und rieb die Nadel damit ab, es gab einen braunen Flecken in der Watte.

Nachdenklich sah er zur Decke empor und überlegte, wann er das Instrument zum letzten Mal gebraucht hatte.

»Das kommt sicherlich daher, dass es hier über dem Wasser etwas feucht ist. Anders könnte ich es mir nicht erklären.«

Der Rost an der Nadel war ihm offenbar sehr unangenehm. Er rieb sie sorgfältig ab und desinfizierte sie dann. Langsam und sachgemäß füllte er die Spritze aus einer der Flaschen, die er vom Schrank mitgebracht und auf den Tisch gestellt hatte.

»Reines Morphium«, erklärte er. »Das tut Ihnen nicht weh.«

Frieda schrie laut auf, als er auf sie zukam. Er wurde einen Augenblick ärgerlich und machte eine Bewegung, als ob er ihr ins Gesicht schlagen wollte. Darauf schwieg sie. Als sie den Nadelstich in ihrem Arm fühlte, stöhnte sie leise, lag aber ruhig. Die Berührung seiner Hände war für sie furchtbar. Langsam zog er die Nadel aus ihrem Arm und richtete sich auf, während er sie genau betrachtete. Er schien zufrieden zu sein. Dann wandte er sich an seine Frau.

»Daniela, du bist Zeuge, dass ich sehr menschlich und vorsichtig mit ihr umgegangen bin. Unnötig tue ich niemand etwas zuleide. Sie reagiert großartig auf die Dosis, die ich ihr gegeben habe. Ich kann jetzt die Fesseln an ihren Händen wieder lösen.«

»Was hast du denn vor?«, fragte Daniela.

Martin sah sie energisch an und erwiderte:

»Hier unter dem Teppich ist eine Falltür«, entgegnete Martin Wolters, setzte sich auf die Ecke des Sofas und nahm eine Zigarette aus seinem Etui. »Sie ist verschlossen, du brauchst dir also keine Hoffnung zu machen, dass du durch die Öffnung entfliehen kannst. Und selbst wenn sie nicht verschlossen wäre, könntest du aus dem Bootshaus nicht herauskommen.

Ich habe eben von Schmidt und Wright gesprochen, das waren zwei Künstler, die 1812 in England lebten. Sie haben die Opfer, die sie töten wollten, zuerst durch eine kräftige Dosis Opium betäubt und dann an den Füßen aufgehängt, sodass sie mit dem Kopf im Wasser hingen. Die Methode hat ihre Vorzüge. Der klügste Arzt konnte kein Zeichen von Gewalt nachweisen. Morgen früh wird die Leiche des armen Mädchens im Kanal aufgefischt werden.«

»Du bist ja wahnsinnig«, schrie Daniela. »Nur ein Irrer kann derartig teuflisch handeln.«

Martin Wolters lachte, als er den Teppich zurückschlug, sodass die viereckige Falltür im Boden genau zu sehen war.

»Ich kann vollkommen klar denken.«

Einen Augenblick sah er Daniela zweifelnd an, dann ging er zu ihr, schloss sie wieder an den Stuhl und legte auch den Lederriemen um ihren Hals.

»Das muss ich tun, damit ich vor dir sicher bin.«

Er ging wieder zu Frieda zurück, die nur noch halb bei Besinnung war, schloss die Falltür auf und klappte den Deckel zurück. Dann schaute er auf die Uhr.

»Das Morphium hat noch nicht genügend gewirkt, ich werde noch drei Minuten warten«, sagte er und trat zu einem kleinen Tisch, auf dem eine Schale mit Obst stand. Er nahm eine Apfelsine und schälte sie langsam ab.

Daniela kannte ihren Mann, aber sie hätte sich doch über diese Kaltblütigkeit gewundert, wenn sie im Augenblick nicht über andere Dinge nachgedacht hätte.

Er legte die Schalen sorgfältig auf einen Teller, aß die Frucht, zog dann das Taschentuch aus der Hosentasche und wischte sich die Finger ab.

»So, jetzt ist es soweit«, erklärte er und bückte sich. Er wickelte einen Stoffstreifen um die Fußgelenke von Frieda, die inzwischen vollkommen bewusstlos geworden war.

»Da haben Sie recht, jetzt ist es soweit«, ertönte plötzlich eine Stimme hinter ihm, und er fuhr blitzschnell herum. Aber der Kommissar hatte den Revolver schon auf ihn gerichtet, nachdem er die Tür geräuschlos geöffnet hatte.

Sieben verschiedene Nachschlüssel hatte er versucht, bevor ihm das gelungen war. Erwin stand in der offenen Tür. Einen Augenblick war er vor Schrecken starr, aber dann stürzte er zu Frieda, löste den seidenen Strick von ihren Fußgelenken und rieb ihre kalten, gefühllosen Hände.

»Das Spiel ist aus«, sagte Kommissar Thalheimer, »nehmen Sie die Hände hoch, Martin Wolters.«

»Das sehe ich auch«, entgegnete Martin Wolters und starrte den Beamten an. »Ja – es ist aus ...«

»Und Sie sind Daniela Hoppe?«, fragte Kommissar Thalheimer.

Daniela nickte.

»Ich muss Sie auch verhaften.«

Zum größten Erstaunen ihres Mannes und der Beamten zog Daniela die Hände aus den Stahlfesseln heraus, bückte sich und schloss die Fesseln an den Füßen auf.

»Was – du – konntest dich frei machen.«, rief Wolters bestürzt.

Sie nickte mit einem breiten Lächeln.

»Ja, ich konnte mich immer frei machen«, erwiderte Daniela langsam. »Ich konnte auch an den Giftschrank heran, und ich habe außerdem vergessen, die Spritze zu reinigen, nachdem ich die Apfelsine damit bearbeitet hatte, Martin Wolters.« Sie hatte die letzten Worte so leise gesprochen, dass Kommissar Thalheimer und Erwin sie nicht verstehen konnten.

Der Kommissar, der Martin Wolters scharf beobachtete, sah, dass sich dieser plötzlich aufrichtete und auf Daniela stürzen wollte. Im nächsten Augenblick warf er sich dazwischen und packte Wolters am Arm.

»Was fällt Ihnen ein.«, rief er streng, »nehmen Sie die Hände hoch, Wolters.«

»Schaffen Sie ihn weg, Herr Kommissar, bevor ich mich übergeben muss«, sagte Daniela.

Eine furchtbare Veränderung ging mit Martin Wolters vor. Er wurde aschgrau im Gesicht und öffnete langsam den Mund, als ob er schreien wollte. Seine Augen wurden immer größer, die Zunge versagte den Dienst, er konnte der Aufforderung des Beamten nicht mehr nachkommen.

Als der Kommissar ihm die Hand auf die Schulter legte, sank dieser zusammen, im letzten Augenblick fing ihn der Kommissar auf und legte ihn auf den Boden. Aber lange, bevor der Arzt kam, war Martin Wolters schon tot. Das Gift hat gewirkt.

»Jetzt weiß ich auch, woher ich Sie kenne, Frau Hoppe«, wandte sich Kommissar Thalheimer an Daniela, die bereits in Handschellen vor ihm stand.

»Ja«, erwiderte Daniela, »ich kenne Sie auch, «Sie haben mir damals mit Ihren Wiederbelebungsversuchen das Leben gerettet, Danke noch mal.«

»Das war doch selbstverständlich«, antwortete Kommissar Thalheimer etwas verlegen. Sie waren doch vor circa dreieinhalb Jahren in der Schönheitsklinik Doktor Adalon in Süddeutschland als Patientin. Mit meinen Beamten konnte ich den damaligen Skandal aufklären und alle Beteiligen hinter Schloss und Riegel bringen, bis auf Ihren damaligen Ehemann »Holger Hoppe«, dem eine Straftat nicht nachgewiesen werden konnte.«

»Soviel ich weiß«, sprach Kommissar Thalheimer weiter, »ist er dann als Marketingchef in einem der größten Pharmakonzerne in England untergekommen.«

»Seit diesem Zeitpunkt war Ihr Mann verschwunden.«

»Was ist denn passiert, dass Sie als Mörderin zu lebenslanger Haft verurteilt wurden?«

»Ach wissen Sie Herr Kommissar, es war ganz furchtbar.« »Ich bin von Holger Hoppe nur zum Zwecke seines Wohlergehens benutzt worden, welches ich erst zu spät erkannt habe.«

»Ich weiß«, antwortete der Kommissar, »ich habe die Polizeiberichte gelesen.«

Daniela redete einfach weiter. »Ich habe mir damals nach der Krankenhausentlassung geschworen Holger zu suchen um ihn dann zur Rede zu stellen. Ich hatte aber anfangs ganz andere Gedanken im Kopf und dachte mir, sobald ich aus dem Krankenhaus als genesen entlassen werde, sofort die Scheidung einzureichen. An meinem Noch-Ehemann Holger Hoppe werde ich Rache nehmen und ihn so zu verarzten wissen, dass er auf diesem Planeten keinen ruhigen Platz und keine sichere

Minute mehr hätte … es sei denn, er ist Patient in einer »Schönheitsklinik für Männer.«

»Als Erstes würde ich mit meinen Freundinnen, aus der Zeit vor meiner Ehe, entsprechende Pläne schmieden.«

»Bei diesem Gespräch mit Holger habe ich damals so viel Hass entwickelt, weil er nur am Grinsen war, und ich habe ihn bei einer passenden Gelegenheit vergiftet. Es war eine Kurzschlussreaktion, und ich fühle mich heute noch unschuldig, es war Notwehr.«

»Und dann jetzt, die Erlebnisse mit Martin Wolters«, fuhr Daniela fort, »sind einfach zu viel für mich.«

»Das kann ich gut nachvollziehen«, antwortete Kommissar Thalheimer.

»Dann waren Sie auch diejenige«, folgerte Kommissar Thalheimer, »die Martin Wolters in dem weißen Schrank gefangen hielt und um Hilfe gerufen hat.«

»Ja, ich habe um Hilfe gerufen, aber es hörte mich niemand«, erwiderte Daniela.

»Doch wir haben es gehört, es klang nur verzerrt und wir dachten es wäre der Schrei einer Katze, dem wir dann keine weitere Aufmerksamkeit schenkten.«

»Liebe Frau Hoppe, Entschuldigung, jetzt heißen Sie ja noch Wolters«, sprach der Kommissar weiter, »ich werde versuchen bei den noch bevorstehenden Gerichtsverhandlungen ein gutes Wort für Sie einzulegen, und Ihnen einen guten Rechtsanwalt besorgen, der dann auf Notwehr plädieren soll.«

Daniela lächelte mit einem dankbaren Gesichtsausdruck.

Der Kommissar nickte freundlich und drehte sich um, »Abführen«, sagte er zu dem vor dem Fenster stehenden Beamten und zeigte in Richtung Daniela.

Als dieser weiter in den Raum ging, war Daniela spurlos verschwunden.

***

18

Frieda und Erwin saßen an Deck eines großen Luxusliners, der mit Kurs in Richtung Vereinigte Staaten fuhr. Sie haben sich vorgenommen, erst einmal Urlaub zu machen, nach diesem ganzen Durcheinander.

Wenn ein Außenstehender die beiden beobachtet hätte, wäre der Eindruck entstanden, ein frisch verliebtes Paar vor sich zu haben. Frieda und Erwin sahen entspannt auf den Atlantischen Ozean, der mit seinen eigenen Wellen spielte. Weit und breit war kein Land in Sicht. Die Sonne kam fast senkrecht und ließ die bunten Liegestühle an Deck und die rot-grün gemusterten Wolldecken wie eine blühende Wiese erscheinen.

Doch der Schein trog. In beiden hatte sich eine gewisse Spannung aufgebaut, die sie aber gegenseitig nicht spürten und weder Frieda noch Erwin konnten ahnen woher dieses Spannungsgefühl kam.

Unter der großen, warmen Decke, die sie vor dem etwas kalten Wind schützte, drückten sie sich die Hände, wie es Liebende machen.

»Liebe Frieda«, begann Erwin das Gespräch, »Ich muss Dir noch ein Geheimnis offenbaren.«

»Oh, wie schön«, antwortete sie, »Hoffentlich etwas Positives.«

»Wie man es nimmt«, fing Erwin an, »Ich bin kein Zeitungsreporter, sondern ein Versicherungsdetektiv und habe Deinen Onkel undercover observiert.«

Frieda sah Erwin lächelnd an und antwortete, »Das weiß ich schon länger, Erwin Müller.«

Wenn jemand jetzt den Weltuntergang beschreiben sollte, bräuchte man nur in Erwins Gesicht sehen, so zerbrechlich wie er aussah, hätte man das Ergebnis.

»Woher weißt Du … «, stotterte er.

»Ich brauche keine Erklärung, Erwin, lass es einfach so, wie es ist.«

»Ich möchte nur das eine betonen«, sagte Erwin schon zum hundertsten Mal. »Ich nehme keinen Dollar von Deinem Geld an, und wenn Du mir sagst, dass ich meine Stellung aufgeben soll, so werde ich Dir das nie verzeihen.« »Aber Erwin, Du bist doch selbst reich und wohlhabend«, versuchte sie ihn zu trösten. »Graham Whitfield hat mir gesagt, dass Du eine Artikelserie geschrieben hast, die mindestens eine Million Dollar wert ist.«

»Ja, die Riesengeschichte habe ich geschrieben, und ich werde noch genügend ähnliche Geschichten schreiben, um auf diese Weise genügend für unseren Lebensunterhalt verdienen zu können, denn als Detektiv verdient man nicht viel«.

»Ich wünschte, ich hätte die Erbschaft nicht gemacht«, erwiderte Frieda und verzog den Mund. »Du benimmst dich ganz abscheulich zu mir, als ob ich Dir gar nichts wert wäre. Liebst Du mich denn nicht?«

»Doch, danach darfst Du nicht fragen. Du bist mir viel mehr wert als alles Geld dieser Welt«, antwortete Erwin liebevoll.

Sie schmiegte sich glücklich an ihn.

»Erwin, dann ist ja alles in Ordnung, dann bist Du ja ein doppelter Millionär. Ich will Dich bei Deinen Arbeiten nicht stören. Und wenn mich mal jemand fragt, warum Du unentwegt arbeitest, werde ich ihm sagen, dass Du ein wenig verschroben und verrückt bist.«

»Das ist auch gut so«, antwortete Erwin. »Ich muss, sobald wir in Amerika angekommen sind, mit meiner Direktion telefonieren und dann nach unserem Urlaub nach Hamburg zurück, um die restlichen Aufklärungsarbeiten zu bewerkstelligen.« »Wie, weiß ich auch noch nicht.«

»Das ist in Ordnung«, sagte Frieda, »Ich werde dann in Amerika auf Dich warten.«

»Es wird wohl ein paar Wochen dauern«, sprach Erwin ein bisschen traurig weiter, »Die versicherungstechnische Seite muss noch geklärt werden, denn so wie es aussieht, liegt in verschiedener Hinsicht auch ein Versicherungsbetrug vor. Es steht noch die Frage im Raum, wer bekommt das Geld aus der Lebensversicherung, welche Harry McCartney abgeschlossen hatte. Es ist auch noch zu klären, ob unter diesen Umständen überhaupt eine Leistung erbracht wird.«

»Das verstehe ich nicht«, entgegnete Frieda, »warum und unter welchen Umständen, was soll das heißen?«

»Mein Onkel ist tot und jetzt muss die Versicherungsgesellschaft zahlen, und zwar an mich, denn dafür schließt man ja eine Risikolebensversicherung ab, und ich bin jetzt bezugsberechtigt, oder?«

»Ganz so einfach ist das nicht«, sagte Erwin und war wieder ganz vertieft in seinem Element, Versicherungen.

»Eine Risikolebensversicherung wird deshalb abgeschlossen, weil der Versicherte seine Familie für den Fall finanziell abgesichert haben möchte, falls er vor Ablauf des Vertrages verstirbt und die Angehörigen daher nicht mehr selbst versorgen kann. Die Leistung einer jeden Risikolebensversicherung besteht also darin, im Todesfall die bei Vertragsabschluss vereinbarte Versicherungssumme an den ebenfalls im Vertrag genannten Begünstigten auszuzahlen.

Vor dieser Auszahlung wird der Versicherer aber natürlich prüfen, ob eine Leistungspflicht besteht. Das ist immer dann gegeben, wenn der Versicherte eines natürlichen Todes gestorben ist, also weder Selbst- noch Fremdeinwirkung zum Tod geführt hat. Sollte der Versicherte aufgrund eines Unfalls versterben, ist das natürlich auch abgesichert, auch wenn es sich dabei nicht um eine natürliche Todesursache handelt. Es gibt jedoch auch Fälle, in denen die Risikolebensversicherung die vereinbarte Leistung nicht erbringt bzw. nicht erbringen muss.

Ein solcher Fall ist zum Beispiel, dass der Versicherte Selbstmord begangen hat. In den Bedingungen ist eindeutig geregelt, dass es bei Selbstmord nicht zur Auszahlung der Versicherungssumme kommt. Etwas komplizierter ist die Angelegenheit, falls der Versicherte ermordet worden ist. In diesem Fall wir es von den meisten Versicherer so gehandhabt, dass zunächst mit der Zahlung der Versicherungssumme gewartet wird. Oftmals wird solange gewartet, bis der Mordfall aufgeklärt ist. Sollte dann feststehen, dass nicht der Begünstigte der Mörder gewesen ist, wird die Versicherungssumme ausgezahlt. Ist der Begünstigte hingegen der Mörder, erfolgt selbstverständlich keine Leistung …«

»Aber wenn es doch …«, wollte ihn Frieda unterbrechen, doch Erwin sprach einfach weiter:

»Es kann also bei einem ungeklärten Mord durchaus sein, dass der Begünstigte keine Leistung erhält, auch wenn keinerlei Verschulden vorliegt.

Neben den genannten Faktoren kann es aber noch andere Gründe geben, warum der Versicherer eventuell die Leistung, also die Auszahlung der Versicherungssumme, verweigert. Ein Grund kann zum Beispiel sein, dass der Versicherte falsche Angaben gemacht, oder eine relevante Tatsache verschwiegen hat. Das kann zum Beispiel sein, dass er eine, in der Vergangenheit vorhandene, schwerere Erkrankung nicht angegeben hat, also die Gesundheitsfragen nicht korrekt beantwortet wurden. In der Regel ist dann später auch völlig unerheblich, ob der Tod des Versicherten etwas mit dieser früheren Erkrankung zu tun hat oder nicht. Denn aufgrund der Vertragsverletzung wird die Versicherung in der Regel keine Auszahlung vornehmen. Deshalb sollte man unbedingt alle wichtigen Angaben – besonders zur Gesundheit – vollständig machen.«

»Es tut mir leid für Dich liebe Frieda«, fügte Erwin noch hinzu und sah sie mit einem gekünstelten Lächeln an.

Es kam eine leichte Missstimmung auf. Man konnte ein leichtes Knistern zwischen beiden wahrnehmen.

»Das ist mir alles viel zu kompliziert«, antwortete Frieda aufgeregt, »Hätte ich das alles vorher gewusst, dann …«, sprach sie in ihrer Aufregung etwas lauter. Erwin unterbrach sie mit den Worten:

»Was heißt, dann?«

»Ach, weiß ich auch nicht«, sagte Frieda kleinlaut, »Lass uns von etwas anderem reden. Sieh mal die Delfine da hinten«, versuchte sie abzulenken.

»Mein Gott, was bin ich wieder naiv«, sagte Frieda, »von Versicherungen habe ich keine Ahnung, entschuldige bitte Erwin.«

»Ist schon in Ordnung«, antwortete er, »dafür bin ich ja da.« Erwin nahm sie in den Arm und küsste sie auf die gekräuselte Stirn.

»Es ist alles gut und wird noch besser werden«, gab Erwin von sich.

»Davon bin ich überzeugt«, antwortete Frieda mit einem nicht definierbaren Unterton.

Bei diesen Worten suchte Frieda in ihrer Handtasche nach einem kleinen Fläschchen und einer Spritze. Sie dachte schon darüber nach, wie sie diese, seine Riesengeschichte als Autorin beginnen würde …

Zur gleichen Zeit landete eine Maschine auf dem LaGuardia Airport, nahe Manhattan.

Daniela stieg langsam die Gangway hinunter und holte erst einmal tief Luft. Sie lächelte und schüttelte sich, als wenn sie alles Vergangene von sich abwerfen wollte. Sie nahm sich ein Taxi und fuhr ins vorbestellte Hotel.

Im Gepäck waren zwei nagelneue Pässe:

Danielle Carpenter und Flora Collins

Daniela betrat die Eingangshalle des Hotels und ging direkt auf den Portier zu:

»Good Morning Sir, my name is Danielle Carpenter, I ordered a room here.«

»Good morning, Miss Carpenter this is the key to room number seventeen. Please give me your passport; to registration.

»I wish you a good stay.«

Der Portier füllte ein Formular aus und gab Daniela, den Reisepass mit einem Lächeln zurück.
Daniela lächelte ebenfalls.

***

Zum Autor:

Der Musiker, Autor, Singer – Songwriter, Alfred Zech, ist 1950 in Bremen geboren, jetzt wohnhaft in Bremerhaven. Er träumte schon als Kind davon, an der Nordseeküste zu wohnen, Bücher und Songs zu schreiben und zu komponieren.

Mit 12 Jahren begann er seine Songs selbst auf der Gitarre zu begleiten und gründete seine erste Band.
Die selbst gemachte Musik, in Richtung Swing, Jazz, Blues, Rock, begleitet ihn sein ganzes Leben. Nach Jahrzehnten aktiver Rockmusik in verschiedenen Bands, wird er sich jetzt seinen eigenen Songs widmen, sowie Bücher schreiben. Zu jedem seiner Bücher komponiert Alfred Zech auch den dazu passenden Song, mit gleichem Titel.

Nach seiner langjährigen Berufstätigkeit im Versicherungsgewerbe schreibt er jetzt, unter anderem, Kriminalromane aus der Region seines früheren beruflichen Umfeldes wie: Bremen – Hamburg – Bremerhaven.

Weitere Informationen zum Autor erfahren Sie unter:

www.alfred-zech.de

Bereits erschienene Werke des Autors:

Gänsehaut und Spannung pur

Das Alte Schloss (ein Pharma-Thriller)
Wer die Schönheit beherrscht, hat die Macht
Erster Fall für Detektiv Erwin Müller

Neuerscheinung am 20. August 2018
2. überarbeitete Auflage im April 2019
ISBN 978-3-7528-8583-5   Taschenbuch
ISBN 978-3-7528-4602-7   E-Book

Der Schmerz fährt dir durch den ganzen Körper.

Als du nachsehen willst, was passiert ist, stellst du fest, dass dein Körper sich nicht bewegen lässt. Dir bricht der Schweiß aus.

Du fühlst in deinem Gesicht Haare, die dir ausgefallen sind und du kannst nicht sprechen um eine Schwester zu rufen. Du bist verwirrt, verstehst das Ganze nicht.

In deinen Gedanken taucht ein Verdacht auf: Irgendjemand hat es auf dich abgesehen. Aber warum denn? Du wolltest dich doch nur für deinen Mann verschönern lassen.

Du willst es nicht wahrhaben und versuchst deinen Körper abzutasten. Kein Gefühl regt sich. Angst, Schmerz und Wut bringen dich fast um den Verstand.

Erst jetzt wird dir bewusst, wie groß die Gefahr wirklich ist. Du willst nicht einfach so sterben.

Aber womit kämpfen, wenn du dich nicht bewegen kannst. Deine Gedanken hört niemand.

***

Versicherungsdetektiv Erwin Müller ermittelt mit seinem Kollegen Wolfgang Schröder und dem Hauptkommissar Thalheimer im sogenannten „Nassen Dreieck" * in Bremen-Hamburg-Bremerhaven.

In bestimmten Kreisen der High Society in Deutschland herrscht die grenzenlose Gier nach Profit. Erwin Müller bewegt sich in einem Milieu zwischen Betrug, Korruption, Erpressung und Mord.

Ein Netzwerk von Ärzten, einer Partnervermittlung und einem Lieferanten aus England, sollen hier illegal mit nicht zugelassenen Medikamenten – die in Indien produziert werden - Frauen in einer Schönheitsklinik behandeln.

Die gesamte Situation eskaliert. Rücksichtslos handeln hier einige Personen, denen offensichtlich alle medizinschen Anforderungen, als auch die Gesundheit und die Gefühle der ahnungslosen Frauen, völlig egal sind.

Eine ungeheuerliche Entdeckung bringt Erwin Müller in Gefahr, als er eine Morddrohung erhält.

Spannung und Gänsehaut pur auf 408 Seiten

*„Nasses Dreieck" ist die umgangssprachliche Bezeichnung für die Orte im küstennahen Übersee-Container-Lkw-Verkehr zwischen Bremen-Hamburg und Bremerhaven.